CLANDESTINE : JAYDEN

AIGLE TACTIQUE LIVRE 4

WILLOW FOX

SLOWBURN
PUBLISHING

Clandestine : Jayden

Aigle Tactique Livre 4

Willow Fox

Publié par Slow Burn Publishing

© 2022

v3

Traduction par sarahas2

Relecture par marie_frcy

Couverture par GetCovers

CHAPITRE UN

Skylar

La musique beugle dans les enceintes, il est difficile de s'entendre penser. Non pas qu'il y ait beaucoup à penser.

Je bois un shot de tequila et puis un autre.

— Dure journée ? demande le barman.

Il s'appelle Jayden. Je ne connais pas son nom de famille, même si je viens souvent au bar.

Surtout pour réfléchir, ce qui veut vraiment dire me cacher de mon frère et de sa copine.

Jayden est une vue agréable après le travail, en imaginant nos corps enlacés, chauds et transpirants.

Dommage que je ne trouve pas le courage de l'inviter chez moi. Mais encore une fois, je n'ai pas vraiment de chez moi.

En vérité, l'imaginer nu, tous les deux dans les draps, est un réconfort bienvenu dans ma vie ennuyeuse et sans intérêt.

— Quelque chose comme ça, dis-je tout bas.

Même si ce n'a pas été une bonne journée, travailler au café est le seul emploi pour lequel je suis qualifiée.

Et puis personne n'a l'air d'embaucher. En plus, j'ai besoin d'économiser pour avoir mon propre appartement au lieu de gaspiller mon argent dans de l'alcool hors de prix, mais c'est plus facile de venir ici et de contempler le barman sexy.

Il a quelque chose de particulier.

Sombre et mystérieux.

Des tatouages recouvrent ses bras, dépassant de son t-shirt noir.

— Ce sont des vrais ? je demande en pointant du doigt l'encre sur ses avant-bras.

Il me faut plus d'amis.

Mon frère a un tas de tatouages, mais je ne suis pas tatouée. Je ne peux pas détourner mon regard des avant-bras de Jayden.

— Non, je consacre tous mes matins à gribouiller avec un marqueur permanent sur ma peau pour impressionner les filles, dit Jayden.

Narquois.

Je bois mon shot et lui fais signe de m'en servir un autre.

Il attrape la bouteille de tequila et verse le liquide ambré dans un verre à shot.

— Tu sais, Skylar, tu pourrais simplement m'inviter à sortir si tu veux me voir. Tu n'as pas besoin de venir au bar tous les soirs après ton service.

Mes bras sont posés sur le bar, et je pose ma tête dans mes bras, le visage contre le bar.

Un gémissement gêné franchit mes lèvres.

— Qu'est-ce qu'il y a ? demanda Jayden, riant doucement. Je t'ai gênée ?

Il n'a pas l'air de s'excuser le moins du monde.

Je suis sûre qu'il flirt avec toutes les clientes - n'importe quoi pour un plus gros pourboire.

Ça doit probablement fonctionner.

Il est beau, mais avec un air sombre et mystérieux, et ce regard qu'il me lance me fait faiblir.

Il a tout d'un mauvais garçon.

Je n'ai pas besoin de lever les yeux pour savoir qu'il affiche un large sourire suffisant sur le visage. Avec un gros soupir, je lève la tête et le fixe.

— Est-ce que vous embauchez ?

J'ai besoin d'un travail qui paye assez pour que je puisse louer un appartement ou acheter quelque chose, un jour.

Tout mon argent part dans des réparations pour ma voiture, mon assurance, et de l'alcool. Peut-être que je sors trop.

— Pas au bar... sa voix s'éteint.

Cela attire mon attention.

— Mais tu connais un endroit qui embauche ?

Il prend le verre à shot vide et l'emporte, sans le reremplir.

— Jayden ?

Il regarda autour de lui avant de se pencher plus près.

De quoi s'inquiète-t-il ?

Il y a peu de clients dans le bar, mais c'est bruyant et il est difficile d'entendre quoi que ce soit avec la musique retentissante.

— Viens avec moi derrière.

Jayden fait signe à un autre membre du staff pour le prévenir qu'il allait faire une pause.

Je suis Jayden dans le couloir sombre puis par la sortie arrière du bar.

La musique forte semble lointaine derrière la porte fermée. Mes oreilles sifflent.

— Tu connais un endroit qui embauche ? je demande à nouveau, ma voix plus forte que souhaitée.

Sa réponse n'est qu'un murmure, sa voix calme, son ton indiquant clairement que nous devons être discrets à ce sujet.

— J'ai besoin d'un complice pour un job spécial. C'est payé en liquide.

J'aime le liquide, surtout si je peux éviter de le déclarer au gouvernement.

— C'est quoi le boulot ? je demande. Je ne compte pas devenir une passeuse de drogue.

J'ai vu assez de films pour savoir que ça ne finit jamais bien pour la passeuse.

En plus, je n'ai pas l'intention de passer du temps derrière les barreaux.

Jayden renifle légèrement.

— Il n'y a pas de drogue, mais ce n'est pas moins dangereux.

— Ok.

Je peux gérer le danger.

Il me fixe avec des yeux perçants. Il me regarde de la tête aux pieds, deux fois.

— Tu ne peux parler à personne de ce boulot.

Je mime de verrouiller mes lèvres comme je le faisais quand j'étais enfant.

— Ne t'inquiète pas. Ce n'est pas comme si j'avais des amis ici.

— Ça inclut ton frère et sa copine, dit Jayden.

Je gigote.

— Tu connais mon frère ?

Cela me met un peu mal à l'aise.

Que sait-il d'autre sur moi ?

Il hoche la tête en silence.

— Tu vis avec lui.

— Comment sais-tu ça ?

Je pointe du doigt sa poitrine et le touche par la même occasion.

Il ne bronche même pas.

— Il y a son adresse sur ton permis de conduire.

Oh. C'est vrai. J'ai changé mes papiers d'identité après avoir emménagé en ville.

— Tu connais mon frère.

C'est plus une affirmation qu'autre chose.

Comment se connaissent-ils tous les deux ? Je ne les ai jamais vus discuter, et Jaxson n'a jamais mentionné Jayden.

Jayden ne développe pas plus.

— Tu peux lui cacher un secret ou pas ?

— Il ne sait pas que je viens ici tous les jours après le travail, dis-je.

C'est un secret que je lui cache. Il y en a une douzaine d'autres.

— Je suis sérieux, Skylar. Si tu travailles pour moi, personne ne doit le savoir. Ce sera une mission clandestine.

Il ressemble à Jaxson quand il s'agit de son entreprise Tactique de l'Aigle.

— S'il te plaît, ne me dis pas que tu travailles pour mon frère.

Je ne suis pas sûre de pouvoir encaisser cette nouvelle.

— Non, et je ne peux pas te dire pour qui je travaille, alors rends-moi service et ne demande pas, dit Jayden.

— Ok.

Il doit être de la C.I.A. ou d'une autre agence. Tant que je suis payée à temps, je peux détourner le regard.

— C'est quoi le boulot ? je demande. Qu'est-ce que tu veux que je fasse ?

— Épouse-moi, dit Jayden.

Je tousse, choquée par sa demande.

— Pardon ? C'est ridicule.

Il ne peut pas être sérieux. Je ne l'épouserai pas pour l'argent ou pour n'importe quelle autre raison.

— Détends-toi. Ça fait partie de la mission. J'ai besoin que tu postes des photos de nos fiançailles sur tes réseaux sociaux, dit Jayden. Je vais te trouver une bague. On va faire en sorte que ça ait l'air officiel. On doit attirer l'attention de mon patron. Il ne me fait déjà pas confiance, et j'ai besoin qu'il montre de l'intérêt pour toi.

Ok, donc peut-être qu'il n'est pas de la C.I.A., et que son patron est un peu plus véreux. Est-ce qu'il travaille pour la mafia ou un baron de la drogue ?

— Tu veux que ton patron me drague parce qu'il pense que je suis ta fiancée ? C'est quel genre de trou du cul de patron ? je demande.

C'est une idée terrible.

Jayden rit doucement et pousse un gros soupir. Ses yeux semblent fatigués, avec des cernes en dessous.

— Je ne peux rien te dire de plus. Tu en partante ou pas ?

— Est-ce que je vais risquer ma vie ? je demande.

J'ai le sentiment que, qui que soit son patron, ce n'est pas un gars génial.

Il hésite un moment avant de répondre. Est-il en train de décider s'il compte me répondre honnêtement ou non ?

— Oui. Je te paierai mille dollars par semaine.

Si je risque ma vie, je veux plus d'argent.

— Je veux le double.

— Marché conclu, dit Jayden un peu trop rapidement.

Peut-être que j'aurais dû demander le triple.

— Passe chez moi demain après avoir démissionné de ton boulot au café. Disons vers 10 heures du matin. Donne-moi ton téléphone, je vais y mettre mon adresse.

Il tapote l'écran de mon téléphone, entrant ses coordonnées avant de me rendre mon téléphone.

— Rappelle-toi, tu ne dois parler à personne de cet arrangement.

— Je le jure.

Qui me croirait, de toute façon ?

CHAPITRE DEUX

Jayden

Je ne veux pas impliquer Skylar. Merde, je ne veux impliquer personne d'autre dans mon histoire, mais j'ai besoin d'un homme infiltré. Ou plutôt, dans ce cas, d'une femme.

Puis-je faire confiance à la petite sœur intrépide de mon frère militaire ? Jaxson et moi nous sommes à peine parlé.

Bon, ce n'est pas tout à fait vrai. Il m'a offert un travail avec son équipe de Tactique de l'Aigle.

Je n'ai eu d'autre choix que de refuser.

Jaxson n'est pas du tout au courant de mon lien avec Enzo Ricci. À l'occasion, je travaille aussi aux côtés du shérif Nelson et de l'équipe spéciale des trois comtés, mais même eux ne savent rien de mon lien avec Don Ricci.

Mettre Skylar dans le coup va à l'encontre de tous les protocoles, mais j'ai besoin de son aide.

Mon travail va plus loin que le simple fait de faire tomber les marginaux. Presque tous sont morts, à l'exception d'Emma. Elle est maintenant en prison, attendant sa condamnation après avoir plaidé coupable.

J'aurais peut-être dû remercier la mafia d'avoir abattu mes ennemis, ceux avec qui j'ai dû vivre, dormir et faire semblant d'être l'un d'entre eux, pour gagner leur confiance et obtenir des renseignements.

Ce n'est pas Don Ricci qui a massacré les marginaux. Comme on dit, l'ennemi de mon ennemi...

Un coup ferme se fait entendre contre la porte en bois.

— Une seconde, je crie en saisissant mon Glock.

Je ne veux pas prendre de risque, jamais. Je jette un coup d'œil à travers le judas pour voir la beauté d'un mètre cinquante-huit de l'autre côté.

Mes hormones se déchaînent après un seul regard sur elle. Sa chemise est coupée en V, plongeant dans son décolleté, laissant peu de place à l'imagination.

Couché, garçon.

Elle est ici pour travailler, pas pour coucher avec moi.

Quel dommage.

Je déverrouille la porte et m'assure qu'elle est seule.

Je la laisse entrer dans mon appartement, et enfonce mon Glock dans la ceinture de mon pantalon.

L'appartement est sombre. J'ai laissé les volets fermés pour m'assurer que personne ne puisse voir à l'intérieur.

Suis-je paranoïaque ?

Oui, mais pour une bonne raison.

Skylar croise les bras sur sa poitrine. Ses longs cheveux tombent sur son visage.

Plus je la fixe, plus elle a l'air irritée.

— Alors, c'est quoi le boulot ? demanda-t-elle.

Je traverse la pièce en direction du tiroir d'une commode, tire sur la poignée du haut et ouvre le tiroir avec force. Je fouille dans mes chaussettes et récupère la minuscule boîte à bijoux, que je lance à Skylar.

Elle attrape la boîte, faisant presque tomber le velours noir avant d'ouvrir le couvercle.

— Tu étais fiancé ?

— Juste quelque chose que je garde sous la main, je lui réponds. (C'est tout ce qu'elle aurait comme explication.) Il faut qu'on passe l'après-midi ensemble, qu'on prenne plein de photos, qu'on soit des fiancés heureux crédibles.

Skylar fronce les sourcils.

— Crédibles ? Tu ne penses pas que je peux jouer mon rôle et faire semblant d'être follement amoureuse de toi ?

Je hausse simplement les épaules.

— Je ne connais pas tes talents d'actrice. Et puis, ce n'est pas moi que tu dois convaincre.

Elle se penche sur le lit et s'assoit au bord.

— Tu vas me dire pourquoi je fais ça ? Je ne t'aurais jamais imaginé comme le type de mec qui doit louer une copine pour la présenter à ses parents.

Ce n'est pas ça. Pas le moins du monde, mais je me tais.

— Ne t'inquiète pas. Notre arrangement est 100% professionnel.

Skylar pince les lèvres et tapote le lit à côté d'elle.

— Ce n'est pas obligé de l'être.

Me teste-t-elle ? Enzo s'attendra à une certaine intimité si nous sommes vus ensemble, mais je ne veux pas que cela arrive.

La vérité est que mon plan est au mieux merdique. J'ai besoin qu'Enzo me fasse confiance, et il m'offre des filles à droite à gauche, des femmes qu'il a l'intention de mettre aux enchères et de vendre au plus offrant.

Ça me dégoûte.

Il ne veut pas me laisser tranquille, et je lui ai menti, lui disant que j'avais une fiancée à la maison. Ce qui signifie que j'ai besoin d'une fille qui assurera mes arrières.

Emma est en prison.

Il n'y a eu personne d'autre après elle, et même elle n'a été qu'un moyen d'arriver à mes fins.

Un autre travail. Un qui est devenu compliqué.

Je n'ai pas l'habitude de coucher avec mes protégées, mais Emma, elle a été chaude, féroce, et s'est offerte à moi.

Je n'ai pas été capable de dire non. Elle m'a ensorcelé.

— Alors ? demande Skylar. C'est quoi le boulot ? Je me promène en ville en exhibant ma bague de fiançailles clinquante ?

Elle fait glisser l'anneau diamanté sur son annulaire avant de sortir son téléphone portable.

J'ai besoin d'elle pour me rapprocher d'Enzo. Il ne me fait toujours pas confiance, pas entièrement.

— C'est plus compliqué que ça. J'ai besoin que tu rassembles des informations pour moi sur Enzo Ricci.

— Pardon ? Skylar se lève du matelas. Ce n'est pas le milliardaire louche qui vient d'emménager en ville ? Sa voix monte d'un octave en parlant. C'est un dealer ou quelque chose comme ça ? Il a le look d'un gars qui travaille pour la mafia.

Apparemment, les nouvelles vont vite.

— C'est mon patron. Déjà, il croit que je ne lui fais pas confiance. Ce qui est vrai. Mais ce n'est pas le sujet. J'ai besoin que tu rassembles autant d'informations que possible sur les filles qu'il retient. Je suis à la recherche d'une fille nommée Lexa Clarke.

— Rassembler des informations. Comment, exactement, et qui est Lexa Clarke ? demande Skylar.

Ce n'est pas seulement un travail risqué. C'est un style de vie et je ne veux pas m'y engager, mais je n'ai pas d'autre choix.

— Tu vas m'accompagner à une fête qu'Enzo organise chez lui. Il panique déjà parce que la livraison de filles qui devait arriver a été retardée.

— Retardée ?

Les filles ne sont pas exactement retardées. Je les ai interceptées, ayant eu accès au manifeste et libérées sous protection fédérale. Enzo ne sait pas que c'est moi qui l'ai trahi. S'il l'avait appris, je serais déjà mort.

Je ne veux pas inquiéter Skylar ou lui donner des informations qui pourraient être utilisées contre moi plus tard. Moins elle en sait, mieux c'est.

— Ça n'a pas d'importance pour les filles. Ce qui importe, c'est que tu vas m'accompagner chez lui comme ma fiancée.

— Je ne comprends pas comment je vais obtenir des informations sur les filles qu'il retient. Elles seront aussi à la fête ? demande Skylar.

— J'en doute. Je suis sûr qu'il les retient quelque part dans le complexe de sa propriété. Probablement un sous-sol ou une cave.

— Laisse-moi deviner. Tu veux que je fouine sans me faire prendre ? demande Skylar.

— Oui. Dante gardera probablement le point d'accès, donc tu devras flirter avec le second d'Enzo, Dante.

— Second ? C'est quoi, un mafieux ?

Je ne réponds pas. Je ne veux pas lui mentir. Mais oui, Enzo est à la tête de la mafia italienne qui possède la plupart de la côte ouest et s'est développée au-delà. Ils font du trafic d'armes, de drogues et de filles.

Skylar soupire lourdement.

— Super.

— Tout ce que tu as à faire c'est de flirter avec lui si tu te fais prendre. C'est un pigeon. Facile à manipuler. Ne t'inquiète pas.

— Flirter avec lui ? Tu minimises le boulot.

Skylar n'est pas une idiote. Peut-être que je l'ai sous-estimée.

— Il est débordé en ce moment avec les filles qui ont disparu. Dante a besoin d'aide. Si tu as l'air enthousiaste, il est prêt à tout pour garder Enzo heureux. Il me trahira facilement pour être du bon côté d'Enzo.

CHAPITRE TROIS

Skylar

Je ris de son plan ridicule.

— Tu es malade ?

Il veut que je me glisse dans une forteresse mafieuse très bien gardée et que je flirte avec le second du patron de la mafia si je me fais prendre ?

— Je sais que tu as peur, dit Jayden, mais une fois qu'on aura les infos dont on a besoin grâce à ton micro, on te fera sortir pour arrêter toute l'opération.

Ça semble trop facile.

— Que se passera-t-il quand ils verront le micro ?

Je connais déjà la réponse. Ils me tueront.

Il pose ses mains sur mes épaules et me fixe, me surplombant.

— Personne ne va trouver le micro. Il ne sera pas scotché sur toi comme dans les films. Notre technologie est meilleure que ça. Je te promets que tu seras en sécurité. Tu entreras et sortiras sans problème. Tu ne resteras à la fête que quelques heures.

Beaucoup de choses peuvent mal tourner en quelques heures.

— Alors pourquoi j'ai démissionné si c'est une opération d'une semaine ? je demande.

Il ne me répond pas.

Exactement.

Il sait que c'était dangereux et que ça dépasse une simple participation à une fête.

Il faudra continuer à faire semblant après la fête aussi. Combien de temps ferons-nous semblant d'être mariés ?

Peut-être que Jayden ne risque pas sa vie, mais je vais me retrouver directement entre les mains d'hommes qui sont des monstres.

Il veut peut-être que ce soit fini dans la semaine, mais beaucoup de choses peuvent mal tourner.

Je ne comprends toujours pas son plan fou.

— Pourquoi faire semblant de m'épouser ? Es-tu vraiment si désespéré d'avoir une cavalière pour la fête ?

Je ravale la boule qui se forme dans ma gorge.

Jayden est un beau mec et l'idée de faire semblant d'être mariés aurait été amusante s'il m'avait invitée à un mariage ou si nous avions fait semblant d'être ensemble pour rendre une ex-petite amie jalouse.

Ce scénario est dangereux et me fait peur.

— Tu ne crains rien.

Son visage ne montre aucun signe d'émotion.

Qu'est-ce que Jayden me cache ?

— Quel avantage tires-tu du fait que l'on soit fiancés ? je demande, penchant ma tête sur le côté.

Il y a quelque chose de plus, quelque chose que je ne vois pas.

Jayden rit doucement avant de répondre.

— J'essaye de persuader Enzo d'arrêter de m'offrir des femmes.

— Pauvre Jayden, je me moque.

Comme il ne bronche pas à mon commentaire, je me penche plus près de lui.

Il veut qu'on fasse semblant d'être fiancés. Alors on doit faire semblant de s'aimer.

Peut-être que l'on devrait aussi s'entraîner à s'embrasser ?

Je suis plus que partante pour l'embrasser. Il est séduisant et a un beau physique. Il est évident qu'il fait régulièrement du sport.

Je pose une main sur sa poitrine et la laisse glisser jusqu'à la boucle de sa ceinture.

— Qui est Lexa Clarke ? C'est ta copine ?

Je veux savoir qui est la fille qui a besoin d'être sauvée.

Jayden s'éclaircit la gorge.

— Qu'est-ce que tu fais ?

— Ne devrions-nous pas tout savoir sur l'autre ? Je veux dire, qu'est-ce qui se passera si je me fais attraper dès que l'on entrera chez Enzo et que quelqu'un me questionne sur une tache de naissance ou un tatouage sur ton corps ?

Mes doigts défont la boucle de sa ceinture.

Il a beaucoup de tatouages sur les bras. Où en a-t-il d'autres ?

— Ça n'arrivera pas, dit Jayden, la voix rauque et grave.

Il hausse un sourcil vers moi.

— Et comment tu sais ça ? Je ne le lâche pas encore. Tu me mets en danger. Le moins que tu puisses faire est de t'assurer que je sois parfaitement préparée.

Ses lèvres descendent brutalement et rapidement sur les miennes, me surprenant.

Une main sur la boucle de sa ceinture, l'autre remonte dans ses cheveux, le ramenant plus près et plus serré contre mon corps.

Tout en moi brûle de besoin.

Je n'ai jamais ressenti un tel manque auparavant.

Un gémissement s'échappe de mes lèvres alors que l'on s'embrasse et qu'il me serre plus fort, plus près.

Il y a une brutalité en lui que je n'ai jamais connue.

J'en veux plus. J'aime beaucoup ça.

Jayden recule.

— Putain, murmure-t-il et il recule d'un pas comme si je l'avais brûlé.

Il est chaud et froid.

C'est quoi son problème ?

— Qui est Lexa Clarke ? je demande à nouveau, cette fois plus fort et avec plus d'insistance.

Est-ce la raison pour laquelle il ne veut pas que quelque chose se passe entre nous ?

Aime-t-il une autre femme ?

J'attends que Jayden m'explique pourquoi il veut que je fouine dans les affaires de son patron.

La chaleur et le feu qu'il a au-delà de son regard s'obscurcissent.

— C'est ma nièce.

Le poids de ses mots me frappe comme une tonne de briques. C'est la dernière réponse à laquelle je m'attendais.

— Quoi ? dis-je, n'étant pas sûre de l'avoir bien entendu.

— Lexa est ma nièce. Il y a environ dix-huit mois, j'ai reçu un appel me prévenant que mon frère et sa famille avaient eu un horrible accident de voiture. Il avait emmené la famille faire du hors-piste pendant un camping, et leur SUV est tombé du haut d'une falaise. Lexa était la seule survivante. Selon le rapport de police, elle était à l'extérieur du véhicule et guidait son père dans le virage serré lorsque le pneu s'est dégonflé et a glissé hors de la route.

— Oh mon dieu.

Je lève ma main vers mes lèvres et couvre ma bouche pendant un bref instant.

Jayden passe une main dans ses cheveux.

— Comme si ce n'était pas assez horrible, elle n'est jamais arrivée à Breckenridge. La police l'a considérée comme une fugueuse, tout comme le DCFS[1]. J'ai enquêté de mon côté et j'ai retrouvé sa trace jusqu'à un réseau de trafic d'êtres humains qui opérait juste à côté de l'endroit où elle avait disparu.

Je m'effondre sur le matelas.

— C'est terrible.

Cette pauvre fille a perdu sa famille et est retenue contre son gré, avec des hommes qui lui font probablement des choses horribles.

L'expression de Jayden reste sinistre.

— Ça l'est. Ce n'est qu'une enfant, elle a à peine quinze ans. Je n'ai pas été capable de la suivre au-delà d'Enzo Ricci. Toutes les pistes mènent directement à lui. Putain, pour ce que j'en sais, elle a peut-être déjà été achetée et vendue, mais je ne peux pas abandonner. Je n'abandonnerai pas. Je refuse de la laisser tomber.

Ses yeux sont vitreux, ses pupilles sombres, comme deux soucoupes. Il expire un grand coup en faisant les cent pas dans l'appartement.

Son appartement est petit pour quelqu'un qui peut se permettre de me payer deux mille dollars par semaine en liquide. Il est clair qu'il essaye de faire profil bas. Travailler au bar est probablement une manière de ne pas éveiller les soupçons.

— Que veux-tu que je fasse ? je demande.

CHAPITRE QUATRE

ARIELLA

— Bonjour, Taches de rousseur.

Jaxson me serre contre son corps sous les couvertures.

— C'est déjà l'heure de se lever ? je marmonne avec les yeux fermés.

D'une minute à l'autre, Izzie va franchir la porte de la chambre. Avec un peu de chance, elle ne grimpera pas sur le matelas et ne sautera pas sur le lit.

C'est une vraie terreur ces derniers temps, et alors que je pense que cette période me manque, j'ai tort.

Le souffle chaud de Jaxson caresse ma peau tandis qu'il dépose une douce traînée de baisers papillons sur mon cou et dans mon décolleté, plongeant sa tête sous les couvertures.

Je gémis, me décalant sur le lit pour être à l'aise, mais sachant aussi que c'est une mauvaise idée.

— Jaxson, je murmure, ma voix rauque et remplie de désir.

— Chut, on doit être discret, dit-il, me rappelant que nous pouvons être interrompus.

Enfoui sous les couvertures, ses lèvres tracent un chemin chaud le long de mon ventre et sur mon nombril.

Il ne traîne pas, allant droit vers sa cible. Il fait glisser ma culotte et trace un lent chemin de baisers chauds sur l'intérieur de ma cuisse jusqu'à sa destination.

Je deviens impatiente face à ses caresses et me mords la lèvre inférieure pour ne pas gémir lorsque la porte de la chambre s'ouvre brusquement.

Oh merde.

— Jaxson, gémis-je, essayant de lui dire que sa fille était sur le point d'entrer en trombe dans la pièce.

Son nom est le seul mot que je réussis à prononcer.

— Ariella !

Izzie couine en courant dans notre chambre.

Sa langue cesse d'exercer sa magie, et je gémis en signe de protestation.

Concentre-toi.

Je dois être attentive à sa fille et aussi gronder Jaxson plus tard pour ne pas avoir mis de verrou sur la porte de la chambre.

— Où est papa ?

Jaxson sort de sous les couvertures, se révélant à sa fille.

— Papa ! Izzie grimpe sur le matelas sans même y être invitée. Qu'est-ce que tu faisais là-dessous ?

Son sourire narquois n'aide pas à calmer mon cœur. Il me coupe le souffle. Mon cœur bat la chamade dans ma poitrine alors que j'essaye de me calmer.

— J'essayais de dormir. Ariella fait toutes sortes de bruits quand elle dort, dit Jaxson.

— Ce n'est pas vrai ! Je tape sur son bras pour rire. Tu racontes n'importe quoi.

Izzie nous regarde, ses yeux étroits et perçants. Elle est le portrait craché de son père.

— Papa ne ment pas, dit Izzie en se mettant debout sur le lit.

— Bien sûr, elle est de ton côté, dis-je en faisant un geste vers Jaxson.

Jaxson attrape Izzie par la taille et la plaque sur le lit en la chatouillant.

— Papa !

Je ris doucement.

Ce n'est pas étonnant qu'elle aime courir dans la chambre et sauter sur le lit.

Elle vole toujours l'attention de son papa.

— Tu n'es pas un singe, lui rappelle Jaxson. On ne saute pas sur le lit.

Izzie se tortille et glousse avant que Jaxson ne lâche prise.

— Ok, dit-elle avec un gros soupir.

Elle parle exactement comme son père.

Je me glisse hors du lit. Ma chemise de nuit cache le fait que ma culotte est enfouie quelque part sous les draps. Je la retrouverai plus tard.

— Des plans pour cet après-midi ? demande Jaxson, en me regardant tandis que je me dirige vers la salle de bain pour me brosser les dents.

— Harper m'a invité à aller faire du shopping pour des vêtements de maternité et des affaires de bébé. Je pense que Hazel va aussi venir avec nous.

C'est dimanche, donc pas de travail, et j'ai hâte de me détendre pendant une journée entre filles.

Déjà, j'en ai bien besoin, avec le stress supplémentaire de savoir que ma sœur a l'intention de me rendre visite.

Je n'ai pas vu Delphine depuis des mois. Elle a finalement réservé un vol et décidé de venir passer une semaine chez nous avec Jaxson et moi.

Elle a insisté pour venir rencontrer l'homme avec qui je vis et veut s'assurer qu'il ne ressemble pas du tout à Ben.

— Aussi, Delphine vient en ville ce soir. Je dois aller la chercher à l'aéroport vers l'heure du dîner.

— Alors, tu veux que je cuisine ? dit-il, me taquinant.

Jaxson s'assoit au bord du lit tandis que je me brosse les dents.

— Hier soir, au barbecue, Hazel m'a montré son téléphone.

— Ouais ?

Je ne saisis pas trop où il veut en venir avec cette remarque.

Izzie s'assoit sur ses genoux et fait le tour des tatouages qui marquent sa peau avec ses doigts. Elle semble s'ennuyer mais se distrait pour le moment.

Je commence à me brosser les dents et sors de la salle de bain pour écouter Jaxson.

— Skylar est fiancée.

Je faillis recracher le dentifrice de ma bouche. Je tousse et me précipite vers le lavabo pour cracher.

— Tu es sûr ? je demande.

Skylar n'a jamais ramené de petit ami à la maison depuis qu'elle a emménagé avec son grand frère.

— Elle l'a posté partout sur ses réseaux. Je n'arrive pas à croire qu'elle ne nous l'ait pas dit ! Jaxson soulève Izzie dans ses bras et se lève.

Il se dirige vers la salle de bain. Les pas de Jaxson sont lourds contre les lattes du plancher alors qu'il fait les cent pas dans toute la pièce.

Je finis de me brosser les dents avant de revenir dans la pièce, en m'appuyant sur le cadre de la porte.

— De toute évidence, c'était une décision impulsive. Peut-être qu'elle s'inquiétait de ta réaction ? dis-je.

Skylar et Jaxson ne sont pas particulièrement proches, du moins d'après ce que je peux supposer. Il ne semble pas y avoir de problèmes entre eux, mais ils ne sont pas non plus les meilleurs amis du monde. C'est comme s'ils n'avaient rien en commun à part leurs parents.

— Qu'est-ce que c'est « fiancée » ? demande Izzie.

Elle gigote dans les bras de Jaxson, voulant qu'il la dépose.

Il pose ses pieds sur le sol, et Izzie se précipite hors de la pièce.

Avec un gros soupir, il suit sa fille, probablement pour découvrir quelles bêtises elle va faire ensuite.

Je ne connais pas si bien Skylar. Même si elle vit avec nous, je la vois à peine. Dans les aperçus que j'ai eus, elle me rappelle beaucoup Izzie avec son attitude insouciante et narquoise.

Jaxson descend rapidement les escaliers, et je suis quelques pas derrière, attendant qu'ils soient sortis de la chambre pour récupérer ma culotte sous les couvertures.

Quelques minutes plus tard, je les rejoins tous les deux dans la cuisine. Jaxson prépare le petit-déjeuner pendant que je m'approche pour offrir mon aide.

— Comment je peux aider ? je demande.

— Je m'en occupe, dit Jaxson en haussant les épaules. Pour l'instant, ça fait du bien de s'occuper.

Sa mâchoire est serrée. Ses yeux sont plissés et remplis de détermination alors qu'il mesure chaque ingrédient à mettre dans le bol en plastique. Ce n'est pas la préparation du petit déjeuner. Est-ce toujours à propos de Skylar ?

— Je suis sûre qu'elle a l'intention de te le dire, dis-je.

Jaxson souffle doucement.

— J'en doute. Le poste date d'il y a plus d'une semaine.

— Peut-être qu'elle ne sait pas comment te le dire ? Tu es son grand frère. Elle est peut-être intimidée, dis-je en commençant à ranger la vaisselle propre de la veille dans le placard.

Il me lance un regard.

— Ce n'est pas ça. Je connais ma sœur, et elle a des problèmes. Elle va épouser Jayden !

— Qui est Jayden ? demande Izzie.

— Et si j'emmenais Izzie avec moi pour une sortie entre filles ? On fera juste un peu de shopping plus tard dans la matinée. Ça te donnera peut-être le temps de t'arrêter au café où travaille ta sœur et de découvrir ce qui se passe ? Parle-lui.

— Ouais, je vais faire ça. Jaxson pousse un gros soupir en mélangeant la pâte à pancakes. Tu es sûre que ça te va de faire toutes ces courses pour le bébé et d'organiser une fête pour Harper ? Lincoln m'a dit que tu lui avais proposé d'organiser une fête.

— Harper n'a pas d'autres amies ici, dis-je en rappelant à Jaxson qu'elle avait abandonné Los Angeles pour vivre à Breckenridge avec Lincoln.

Jaxson et Lincoln sont copains. Je fais ça autant pour Jaxson que pour Harper.

Je range les derniers plats dans le placard et me retourne pour lui faire face.

— En plus, j'aime passer du temps avec elle.

— Et pourquoi pas Hazel ? Elle pourrait organiser la fête prénatale. Je suis sûr que si tu lui demandes, elle sera heureuse d'aider à faciliter les choses.

Jaxson allume la plaque de cuisson.

— Quel est le vrai problème ? je demande.

J'ai le sentiment que ça n'a pas grand-chose à voir avec la fête pour le bébé, mais quelque chose d'autre.

Il regarde Izzie, essayant de gagner du temps.

Je doute qu'elle comprenne ce dont nous parlons.

— Je vais m'en sortir. Tu n'as pas besoin de t'inquiéter, dis-je.

Une fois la poêle chaude, il y verse la pâte à pancakes.

— Je suis sûr que oui, mais est-ce une bonne idée ? Tu as perdu un enfant.

Le visage d'Izzie se crispe et elle tire sur mon bras.

— Où il est passé ?

— Où est passé quoi ? je demande, en baissant les yeux vers Izzie.

— Tu as oublié où tu l'as mis, comme moi avec mon canard en peluche ?

Je me penche et donne à Izzie un câlin rapide et un bisou sur la joue. Je n'ai pas envie de discuter de ça avec elle. Elle est intelligente, mais bien trop jeune pour parler de la mort de mon fils.

— Et si on t'habillait pendant que papa finit de préparer le petit-déjeuner ? je demande, changeant de sujet.

Izzie échappe à ma prise et s'engouffre dans l'escalier de service.

— Je m'inquiète pour toi, dit Jaxson alors que je suis Izzie dans la cage d'escalier.

La dernière chose que je veux est d'avoir une conversation à propos de mon fils décédé. C'est un souvenir que je porte toujours en moi, mais dont je ne veux jamais parler à personne. Y compris Jaxson.

CHAPITRE CINQ

Skylar

C'est un plan stupide, et je suis stupide de participer, mais j'ai besoin d'argent. Je n'ai pas non plus peur du risque.

Je me retrouve tout le temps dans des situations terribles, mais elles impliquent généralement des hommes vicieux et un excès d'alcool.

Je porte une courte robe noire à paillettes que Jayden a ramenée à la maison et elle est étonnamment parfaitement à ma taille. Je suis restée chez lui ces derniers jours depuis nos fausses fiançailles.

La robe est bien ajustée et épouse toutes mes courbes comme il faut.

Comment connait-il ma taille ?

Je n'arrive pas à atteindre la fermeture éclair.

Je tiens la robe sur mon torse. Il n'y a pas de bretelles.

— Remonte la fermeture dans le dos, dis-je en faisant un geste derrière moi vers la robe ouverte.

Jayden me regarde fixement pendant une minute, bouche bée.

Je penche la tête sur le côté, lui souriant alors qu'il fixe la robe qui couvre à peine mes seins.

— Tu m'as entendu ? je lui demande, d'une voix plus douce.

Je peux sentir de la chaleur dans mes joues. Je dois sûrement rougir.

— Wow, oui, lève tes cheveux, dit-il en attrapant une poignée de mes cheveux et en tirant dessus.

Il penche mon cou sur le côté.

Jayden se penche plus près.

Son souffle frôle mon cou exposé. Un frisson parcourt mon corps.

Va-t-il m'embrasser ?

Mon regard se tourne vers lui.

Jayden se rapproche et chuchote contre mon oreille.

— Tiens tes cheveux, et je fermerai ta robe.

Ah oui, la robe.

J'ai déjà oublié que c'est la raison pour laquelle il s'est mis derrière moi. Je suis prête à enlever cette satanée robe et à m'amuser avec lui sur le matelas à quelques mètres de là où nous nous tenons.

Pourquoi a-t-il ce pouvoir sur moi ?

Je lève mes cheveux, les tenant à l'écart tandis que les doigts de Jayden tirent lentement la fermeture éclair vers le haut. Son souffle caresse ma peau en même temps.

Je ferme les yeux, me délectant de la sensation d'être désirée.

Est-ce qu'il me désire ? Ou est-ce juste de la comédie ?

Il me donne l'impression que c'est réel.

Je ne suis pas celle qu'il doit convaincre que nous sommes fiancés.

Son toucher sur moi disparait, et je sens un vide me brûler.

Je tourne sur mes pieds nus, levant les yeux vers lui. Jayden est habillé sobrement, avec un pantalon noir et une chemise blanche boutonnée. C'est bien différent de sa tenue de travail au bar.

Jayden essaye-t-il d'impressionner Enzo ce soir ou quelqu'un d'autre à la fête ?

— Tu es élégant, dis-je, le trouvant irrésistible tandis que je le regarde de la tête aux pieds.

— Moi ? Jayden esquisse un sourire narquois. Tu es éblouissante.

Ses yeux parcourent à nouveau mon corps, admirant mes courbes.

Je me serais sentie trop habillée si je n'avais pas vu à quel point Jayden est beau. S'il est mal à l'aise, il ne le laisse pas paraitre.

— Fête importante ? je demande, surprise par la robe raffinée.

Sinon, pourquoi aurait-il apporté cette robe aussi élégante à la maison ?

— On peut dire ça, répond Jayden. (Il se dirige vers sa commode et récupère un médaillon en argent en forme de cœur.) Le micro que tu dois porter.

— Jayden.

Ma voix reste coincée dans ma gorge.

Son regard se fixe dans le mien.

— Tu peux le faire. J'ai foi en toi.

Nerveuse ne semble même pas s'approcher du sentiment de terreur qui m'envahit.

— Ok.

———

Il garde son bras autour de mes hanches, me présentant à tout le monde à la fête.

— C'est Enzo, chuchote Jayden à mon oreille.

Je colle un sourire sur mon visage, une main tenant une flûte de champagne et l'autre s'accrochant à ma pochette.

Je ne suis pas prête à m'éclipser et à partir à la recherche de sa nièce ou de toute autre fille qu'Enzo pourrait détenir.

Sirotant le champagne, j'espère que les bulles calmeront mes nerfs.

Enzo est un individu plus épais que Jayden. Jayden est tout en muscle. Je soupçonne Enzo d'avoir mangé un donut à la confiture de trop. Il a un nez pointu et une épaisse tête de cheveux noirs de jais visiblement teints.

Enzo se dirige droit sur nous, avec un air déterminé et froid comme la pierre sur le visage.

Sentir son regard scrutateur me met mal à l'aise.

Une partie de moi veut fuir, s'enfuir par la porte d'entrée avant qu'il ne se présente, mais je ne peux pas bouger. Mes pieds sont collés au sol dans mes nouveaux talons aiguilles noir brillant.

— Jayden. L'épais accent italien d'Enzo imprègne la salle de bal.

Sa voix gronde au-dessus de la musique qui est jouée à l'autre bout de la pièce.

Un quatuor à cordes donne vie à des mélodies actuelles, vibrantes et entraînantes, mais personne ne danse. La foule est majoritairement composée d'hommes, certainement pas plus jeunes que Jayden, quelques-uns sont plus âgés avec des cheveux poivre et sel, tous habillés élégamment en costume.

— Enzo. (Jayden force un sourire en serrant le bras de l'autre homme dans un geste de salutation. Son autre main reste serrée sur ma taille.) Je te présente ma meilleure moitié, Skylar.

Enzo porte ma main à ses lèvres et dépose un baiser sur le dos de ma main.

— Je suis enchanté de faire votre connaissance.

— Tout le plaisir est pour moi, dis-je, en forçant un sourire.

— J'espère que vous profitez tous les deux des festivités de ce soir. J'ai un cadeau spécial pour ta fiancée ce soir, dit Enzo.

Il sort un ruban rouge et le noue dans mes cheveux autour des boucles et de l'élastique qui ont déjà partiellement relevé mes cheveux.

Comme c'est étrange.

Il y a quelque chose chez lui que je ne peux pas déchiffrer.

Son expression envoie des papillons dans mon estomac.

Je refuse de détourner mon regard alors qu'Enzo me fixe après avoir noué le ruban.

— C'est très gentil, merci, dis-je.

Enzo force un sourire avant de faire un pas en arrière et de frapper dans ses mains.

— Messieurs, annonce-t-il.

La musique s'arrête tandis qu'il parlait.

— J'ai le privilège de vous présenter ce soir un avant-goût de ce que nous avons à offrir.

Les lumières se tamisent. Une porte s'ouvre au bout du couloir, et des femmes habillées en lingerie entrent dans la salle.

Une douzaine de femmes, à peine vêtues, les yeux vitreux, se tiennent exposées. Un projecteur se pose sur elles alors qu'elles se serrent les unes contre les autres, visiblement mal à l'aise.

— Souvenez-vous, si vous voulez goûter à la marchandise, cela vous coûtera, déclare Enzo avec un rire franc. Aucune femme ce soir n'est hors limites. Si vous voyez quelque chose qui vous plaît, elle est à vous pour la posséder, l'apprivoiser, et en faire ce que vous voulez.

En jetant un coup d'œil dans la pièce, je me rends compte qu'il n'y a pas d'autres femmes à la fête que celles trafiquées par Enzo Ricci — et moi.

CHAPITRE SIX

Jayden

Skylar serre mon bras. Ses ongles s'enfoncent dans ma chair.

J'essaye de ne pas grimacer à la douleur soudaine. Je pose ma main sur la sienne et la regarde du coin de l'œil.

Alors que le plan est de la faire s'infiltrer dans le bâtiment et de rassembler des informations, je ne m'attendais pas à ce qu'Enzo l'exhibe comme s'il s'agissait d'une vente aux enchères.

Enzo se tient juste à quelques mètres de moi.

Un sourire malicieux apparait sur ses traits. Il fait claquer ses doigts. La musique reprend, et les lumières éclairent la salle de bal à nouveau.

— Je suis aux commandes, chérie. Je l'ai toujours été. Je le serai toujours, surtout tant que ton fiancé travaillera pour moi, dit Enzo en s'approchant de Skylar.

Ses yeux parcourent son corps. Son regard fixe son décolleté, puis la jupe courte de la robe qu'elle porte.

— Ça lui va bien, tu ne trouves pas ? Je m'y connais en mode.

— Il a choisi ça pour moi ? Les yeux de Skylar s'écarquillent, et sa bouche s'ouvre.

Son visage perd ses couleurs.

— Oui, ma chère, dit Enzo. Je voulais faire de toi le clou de la soirée.

Enzo attrape Skylar par le bras et l'emmène à travers la pièce vers les autres femmes serrées les unes contre les autres, tremblantes de peur.

Ce n'est pas ce que nous avons prévu.

Où Enzo a-t-il trouvé une douzaine de femmes pour cette soirée ?

Les femmes qui ont été trafiquées et destinées à participer ont été interceptées. Je les ai livrées directement aux fédéraux.

Skylar me regarde par-dessus son épaule, me suppliant silencieusement de la sauver.

CHAPITRE SEPT

Skylar

— Tu es une vraie beauté, tu sais ? (Un monsieur brun à la mâchoire carrée et aux yeux les plus gris que je n'avais jamais vus me regarde comme si j'étais nue, bouche bée.) Je vais la prendre, dit-il en faisant un geste avec deux doigts vers Enzo.

— Pardon ? je me moque.

Je ne suis pas une de ses filles pour être exhibée, ou pire, pour servir de divertissement.

Bien que Jayden a voulu que je fasse profil bas en tant que sa fiancée, cela va au-delà de ce que je peux accepter.

Enzo attrape ma mâchoire et attire mon visage vers son regard noir.

— Elle est fougueuse et vibrante. Une femme comme elle te coûterait normalement le double.

— Lâche-moi ! je le repousse, avant de sentir une paire de bras forts et énergiques contre mes épaules, me maintenant en place.

Pitié, que ce soit Jayden.

Je regarde par-dessus mon épaule.

Ce n'est pas Jayden. Il est retenu par deux gardes, et un troisième est à ses trousses pour le faire taire ou le liquider. Je ne sais pas exactement.

La musique continue à un rythme effréné. Les violons lâchent des notes rapides et tranchantes qui correspondent au rythme de mon cœur qui s'emballe.

Quoi que Jayden a crié, on ne peut pas l'entendre à cette distance.

— Elle est têtue, mais je suis sûr que tu es impatient de l'apprivoiser et de la dompter, Angelo, dit Enzo, parlant de moi comme si j'étais un cheval et non une personne.

Je suis incapable de courir, le géant derrière moi me tient en place. Il est monstrueux avec ses mains épaisses et sa prise ferme, me dépassant de trente centimètres. Dans une autre vie, il aurait pu être basketteur.

Comment a-t-il fini par travailler pour Don Ricci ?

Merde, comment ai-je été entraînée dans ce merdier pour quelques minables dollars ?

Ma vie vaut plus que deux mille misérables dollars.

— Je ne suis pas à toi, dis-je en luttant contre la poigne de l'homme qui enfonce ses doigts dans mes épaules.

Il aurait pu facilement me soulever et me porter hors de la pièce. Peut-être qu'il le fera si je ne me calme pas rapidement.

Les autres filles me regardent me tortiller. Aucune d'entre elles ne propose son aide. Elles n'essayent pas de s'enfuir.

Avaient-elles compris qu'elles ne pouvaient pas s'enfuir et que ça ne servait à rien ?

Je n'étais pas prête à abandonner aussi facilement, mais Jayden ne semblait pas être d'une grande aide.

Super.

— Elle est la starlette de la soirée, notre vedette principale, rappelle Enzo. Tu peux l'avoir à une condition.

Angelo salive pratiquement à l'invitation.

— Et qu'est-ce que c'est ? demande Angelo.

Il s'approche, et je réprime un frisson quand son odeur forte d'eau de Cologne qui sent l'alcool me brûle les narines.

La bile me monte à la gorge. Je serre mes mains en poings serrés sur les côtés, mes ongles s'enfonçant dans mes paumes, laissant une indentation avec la douleur que je ressens. Je le fais pour ne pas pleurer.

Aucun de ces hommes ne mérite d'être témoin de la peur et de la trépidation qui me brûlent.

Non, je ne me prosternerai pas devant aucun de ces salauds qui pensent que je ne suis rien de plus qu'une marchandise.

— Je ne veux pas que toi ou tes hommes approchent de mon territoire. Nos affaires sont terminées.

Angelo croise les bras sur sa poitrine.

— Qui a parlé d'entrer sur ton territoire ? Tu nous as invité ici ce soir, ne l'oublie pas, Enzo.

— Monsieur.

Un homme que je ne reconnais pas se dirige vers Enzo et lui tape sur l'épaule.

Enzo jette un coup d'œil à l'autre homme qui est plus petit de quelques centimètres, mais ils ont les mêmes yeux, le même nez et la même mâchoire et pourraient facilement être des frères.

— Oui, Dante ?

Dante. Je reconnais ce nom.

Jayden m'a dit que Dante est le second d'Enzo.

J'essaye de ne pas montrer trop d'intérêt pour ce dont les deux hommes discutent.

Ils baissent la voix, et avec le crescendo du groupe de musiciens, il est difficile d'entendre.

Enzo fait un signe de tête ferme avant que Dante ne se précipite à travers la foule de gens.

Je ne peux pas bien voir où il va.

Jayden a-t-il réussi à repousser les gardes ? A-t-il fait venir des renforts ?

Enzo se racle la gorge.

— Je m'excuse pour l'interruption. Comme je le disais, notre activité, comme tu le sais sûrement, est en pleine expansion, et nous n'aimons pas que les autres familles nous trahissent. Je sais de source sûre que ton Capo Sergio a volé une de nos cargaisons.

J'essaye de ne pas montrer que je sais de quoi les deux hommes parlent.

Mais une cargaison volée ?

Je ne peux que supposer qu'Enzo fait référence à des femmes qui ont été trafiquées.

Si c'est le cas, alors pourquoi Jayden a été emmené par les gardes et que je suis au premier plan avec Enzo et Angelo ?

Putain, qu'est-ce qui se passe ?

Angelo hausse un sourcil.

— Tu accuses mes hommes de voler la famille Ricci ? C'est une grosse accusation, Enzo.

— Mais pas une accusation sans fondement. J'ai essayé de t'accueillir comme un ami, de t'inviter à faire des affaires avec ma famille, mais tu viens dans ma ville et tu commences à t'installer sur mon territoire. Breckenridge n'est pas assez grande pour nos deux familles, menaça Enzo.

— Mais bien sûr, souffle Angelo en secouant la tête.

Les yeux d'Enzo se plissent, mais il ne parle pas. Pas encore.

— Je n'aime pas les menaces. Peu importe que tu sois Don Ricci ou un putain de capo.

Angelo tire sur mon bras et me sort de l'emprise du géant de la sécurité d'Enzo.

J'essaye de me tirer de ses griffes, mais il ne lâche pas prise. Peut-être que sans les gardes autour, je pourrai m'échapper au moment où il me conduira dehors.

Est-ce une réelle possibilité ou un fantasme ?

Je peux affronter un homme.

Je suis foutue si je dois affronter une armée.

La lèvre supérieure d'Angelo se relève de dégoût.

— Tu me menaces. Je la prends comme une promesse pour toi, Don Ricci. On n'en a pas fini, loin de là.

— Reste hors de Breckenridge, grogne Enzo. Et garde la pute.

Angelo me traîne dehors.

Une demi-douzaine d'hommes nous suit.

Sont-ils avec Angelo ou des gardes d'Enzo qui nous escortent hors de la propriété ? Je ne peux pas différencier les hommes, mais aucun n'est là pour me sauver.

Angelo me conduit vers son SUV noir, qui attend devant l'entrée du manoir d'Enzo.

— Lâche-moi ! Je m'éloigne de lui, lui donnant des coups de pied et le griffant avec mes ongles — n'importe quoi pour m'aider à m'échapper.

— Assez ! La voix d'Angelo hurle en me giflant, son doigt se prenant dans ma chaîne. Il arrache le collier et le laisse tomber sur le sol.

Ma joue pique, et je sens le goût métallique du sang sur mes lèvres.

— Monte ! ordonne Angelo.

L'un des gardes qui nous a escortés à l'extérieur ouvre la porte arrière du SUV.

Je ne bouge pas. Je ne vais pas volontairement me mettre davantage en danger.

— Non, dis-je.

Je ne vais pas m'incliner devant qui que ce soit, boss mafieux ou autre.

C'est ma chance, ma seule et peut-être unique opportunité de m'échapper.

Angelo a grimpé sur le siège avant du véhicule et pense manifestement que je vais suivre ses ordres.

Je ne suis pas comme les autres filles.

Ai-je peur ?

Oui, mais je me battrai avant de céder à ses exigences.

Je passe devant le garde, qui mesure un bon mètre quatre-vingt-sept, et me dépêche aussi vite que mes pieds me le permettent. Je traverse l'allée en sprintant et traverse l'herbe en talons aiguilles, ce qui n'est pas une mince affaire.

Je me dirige vers la ligne d'arbres qui mène à la forêt.

Jusqu'où pourrai-je aller avant qu'ils ne m'attrapent ?

S'arrêteront-ils si j'arrive à rentrer chez moi, ou continueront-ils à me traquer ?

Bang !

CHAPITRE HUIT

Jayden

Putain ! Ça ne s'est pas passé comme prévu.

Enzo est après moi, mais je ne suis pas sûr depuis combien de temps.

Sait-il que Skylar n'est pas ma fiancée ? Il n'a fait aucune allusion au fait que nous ne sommes pas vraiment ensemble.

Pourquoi m'a-t-il expulsé de la fête ?

Il ne m'a pas exécuté. S'il pensait que je l'ai trahi, il m'aurait assassiné de sang-froid. Enzo n'est pas un homme de pardon.

Quelque chose l'a arrêté, mais je ne suis pas sûr de quoi.

Et Skylar est toujours à l'intérieur, enfermée parmi les mafieux et les pervers.

Que va-t-il lui arriver ?

Deux gardes robustes m'ont traîné, criant et me débattant, hors de la maison de Don Ricci. Ils ne m'ont pas dit un mot sur ce qui se passe.

Ils m'ont jeté dehors et ont attendu que je prenne ma voiture et quitte la propriété pour me lâcher.

Je ne peux pas laisser Skylar seule avec ces hommes.

C'est moi qui l'ai mise dans ce pétrin. Tout est de ma faute.

Je m'éloigne de la maison d'Enzo, seulement par contrainte, mais je ne pars pas.

Au virage, je me gare sur la route, m'assurant que j'ai un bon point de vue mais que ses hommes ne peuvent pas facilement me repérer.

Des caméras de sécurité sont situées à l'extérieur de la propriété. Je ne peux pas me faufiler sans être vu, et même si la plupart de son équipe de sécurité est préoccupée par la fête, il y a toujours un certain nombre de gardes qui surveillent l'endroit.

Ce qui signifie que j'ai besoin d'un autre plan, un qui est moins flagrant.

Je peux me cacher devant la maison du patron et attendre qu'Angelo DeLuca parte. En supposant que Skylar sera obligée de partir avec lui, je pourrai le suivre en voiture dès qu'il partira.

Mais si elle a été traînée dans le complexe et par une autre sortie que je ne connais pas ?

Ou encore, s'ils sont partis avec d'autres véhicules, qu'ils font partie de l'équipe de DeLuca ou d'un autre invité de la fête, et que je ne peux pas repérer dans quel véhicule elle est piégée ?

Une douzaine de scénarios différents s'enchaînent dans ma tête. Aucun d'entre eux ne se termine bien pour Skylar.

Et j'ai échoué dans la recherche de ma nièce.

Quelle chance ai-je de secourir Skylar ?

Je défais les deux premiers boutons de ma chemise. Je suffoque.

Mon téléphone vibre dans ma poche. Je le sors et regarde le message de Dante.

Je sais que tu n'es pas parti. Rejoins-moi au poste d'observation. Dans dix minutes.

Est-ce un piège ?

Si Enzo me veut mort, Dante aurait tiré devant la maison.

Pourquoi se rejoindre au poste d'observation ?

Je connais l'endroit. C'est là qu'on a récupéré la cargaison de filles. Celles qui ne sont jamais arrivées la dernière fois, ce qui est étrange vu le nombre de femmes forcées d'assister à l'événement de ce soir.

Mais d'où viennent-elles ?

Je regarde le téléphone une fois de plus, réfléchissant à mes options. Si je pars, il y a une chance que je rate Skylar, mais si je reste, qui sait si je la verrais partir ?

Expirant difficilement, je réponds que je serai là et mets mon téléphone dans ma poche.

Je monte dans mon véhicule et me dirige vers le point d'observation. Il me faudra à peu près dix minutes pour arriver à l'endroit où Dante veut me rencontrer.

CHAPITRE NEUF

Skylar

Je veux désespérément m'échapper.

Mes stupides talons ne m'aident pas à avancer dans l'herbe. Je ne veux pas regarder derrière moi, craignant que cela ne me ralentisse.

Bang !

Un coup de feu retentit et frôle ma tête.

— C'était un tir d'avertissement, hurle Angelo. Je ne rate jamais.

Est-ce qu'il bluffe ? Il a failli me toucher.

J'ai momentanément ralenti, trébuchant sur mes stupides talons.

Il n'en faut pas plus pour que ses hommes me mettent à terre et me fouillent.

Leurs mains se baladent un peu trop longtemps et près de ma peau, sous ma jupe.

— Lâchez-moi !

Il faut deux gardes, un de chaque côté, pour me traîner vers le SUV noir.

— Non ! je crie en me débattant, essayant de me libérer.

— Tu veux que je te tire dessus ? demande Angelo alors qu'il se tient à côté de la voiture.

Il y a quelques instants seulement, il était assis sur le siège passager avant.

Est-il sorti pour me tirer dessus ? Est-il meilleur tireur que ses hommes, ou ne leur fait-il pas confiance pour faire le travail ?

Je me glisse sur la banquette arrière.

Angelo me tient la porte ouverte. Je n'ai pas vraiment le choix.

Les deux gorilles garde du corps refusent de relâcher leur poigne jusqu'à ce que je monte dans le véhicule.

Angelo claque la portière derrière moi. Il s'installe sur le siège avant et me jette un regard en arrière.

— Ne tente rien de stupide.

Il pointe son arme dans ma direction, le doigt sur la gâchette.

— J'ai bien envie de tirer à nouveau.

Ma bouche devient sèche. Je serre les lèvres mais je ne dis rien.

Que puis-je dire pour qu'il me laisse en paix ?

CHAPITRE DIX

Jayden

Malgré mon jugement, j'ai accepté de rejoindre Dante.

En arrivant au point d'observation, je reconnais son SUV.

Je prends mon arme de secours sous le siège du conducteur et la cache dans mon pantalon, sous ma veste.

Son chauffeur est assis dans la voiture tandis que Dante en sort. Ses yeux parcourent mon corps de haut en bas.

— Tu as une arme ?

Je ne viendrais pas désarmé, ça c'est sûr.

— Tu en as une ? je riposte, lui retournant sa question.

Nul doute qu'il est armé, et probablement de plusieurs armes si je le connais bien.

— Je ne suis pas venu ici pour te tirer dessus, dit Dante.

Il lève les mains en signe de reddition en s'approchant de moi.

Les hommes d'Enzo m'ont déjà chassé de la fête. Je ne veux pas me faire botter le cul en plus.

— Tu es assez près.

Je ne lui fais pas confiance, ni à tous ceux qui travaillent pour Enzo Ricci.

— Ta copine, Skylar, elle est utilisée comme un pion pour Enzo. Il ne fait pas confiance à Angelo DeLuca, et moi non plus, dit Dante.

Pourquoi me dit-il ça ?

Le soleil frappe l'étendue ouverte de terrain. Depuis le point d'observation, il n'y a pas grand-chose à voir, à part des kilomètres de forêt en contrebas.

La sueur perle sur mon front à cause de la chaleur oppressante de l'été.

— Tu dois m'aider à la sortir de là. DeLuca va la tuer.

Dante fronce les sourcils.

— Elle aura de la chance si c'est tout ce que ce bâtard lui a fait. Enzo pense qu'Angelo vole des filles, en profitant de notre opération.

— Putain.

C'est une nouvelle pour moi.

J'ai été chargé de veiller à ce que la récupération se déroule sans problème.

Gino, le second d'Angelo, ainsi que Capo Sergio, ont été mes principaux contacts chez DeLuca. Les deux hommes avec lesquels j'ai eu le privilège de traiter sont des salauds, mais je n'ai même pas envisagé qu'ils puissent ne pas nous avoir livré la totalité de la cargaison.

— Tu as des preuves que DeLuca garde pour lui une partie de la livraison d'Enzo ?

— Si le patron avait des preuves, il aurait commencé une guerre avec DeLuca. Il a envoyé ta copine sous couverture, dit Dante.

Est-ce que Skylar a la moindre idée de ce qu'elle fait ?

— Impossible. (Je ne peux pas le croire.) Vous l'avez envoyée se faire tuer !

A quel jeu joue Dante ? Je ne lui fais pas du tout confiance.

J'ai juré, vu qu'ils ont pratiquement livré Skylar à Angelo, qu'ils sont après moi.

Ai-je tort ?

Est-ce que c'est une mise en scène pour duper Angelo ?

— Il faut que DeLuca croie que l'on pense que tu nous as trahis. C'est la seule façon de découvrir qui est le vrai rat, qui vole la propriété de Don Ricci.

Dante fait un pas de plus vers moi.

— Elle est dans le coup ? je demande. Sait-elle qu'elle sert de taupe à Don Ricci ?

Dante rit doucement et hausse légèrement les épaules.

— J'en doute. Si c'était le cas, elle te l'aurait dit, et tu aurais inévitablement empêché que ça se produise.

Il n'a pas tort. Il n'y a aucune chance pour que j'ai volontairement suivi ce plan. C'est du suicide.

J'attrape le costume de Dante et le rapproche de moi.

— Quand Angelo suspectera que Skylar est une taupe, il la tuera. Quand ça arrivera, je viendrai après Enzo et toi.

Dante ignore ma menace.

— Les femmes sont remplaçables. Don Ricci est satisfait du travail que tu as fait, ne le déçois pas pour une fille.

Je dégaine mon poing et donne un coup violent sur la joue de Dante.

— Skylar est irremplaçable. Tu vas m'aider à la faire sortir.

CHAPITRE ONZE

JAXSON

J'entre en trombe dans le bar, les poings serrés sur les côtés. Mes pieds martèlent le sol. Je n'attends pas d'invitation pour contourner le bar et me retrouver face à face avec Jayden.

Je l'attrape par le col de sa chemise, lui donnant l'occasion de s'expliquer avant de lui botter le cul.

— Quand allais-tu me dire que tu baisais ma sœur ?

Je n'ai pas vraiment voulu que ça sorte comme ça, de façon si grossière et condescendante, mais je suis énervé.

Ils sont fiancés, et il n'a même pas eu la décence de se montrer où que ce soit avec ma sœur.

Si je ne l'avais pas vu sur le stupide compte de Skylar, je n'aurais même pas su qu'elle est fiancée.

Elle n'a pas prévu de me le dire ?

Merde.

Est-elle enceinte ?

— Est-ce que tu as mis ma sœur en cloque ?

Au moins, il fera une chose honorable en l'épousant.

— Ouah ! Jayden me pousse en arrière, éloignant mes mains de sa chemise et de son torse. Je n'ai pas couché avec ta sœur. Détends-toi et baisse d'un ton.

Ses yeux vacillent.

N'importe qui d'autre ne l'aurait pas vu, mais j'ai combattu à ses côtés.

Je reconnaîtrais ce regard n'importe où.

Dans quel pétrin s'est-il fourré ?

— Qu'est-ce que tu as fait ? je demande.

Je passe nerveusement une main dans mes cheveux.

— Ne t'inquiète pas de ça, répond Jayden.

Il me tourne le dos.

Où diable est Skylar ?

Je ne l'ai pas vue depuis des jours.

D'habitude, elle rentre tard, bien après minuit. Je ne suis pas emballé par son comportement, mais elle n'est pas sous ma responsabilité. Skylar est une adulte. Bien que, parfois, je pense qu'elle a besoin de grandir un peu, quand même.

Je ne peux pas ignorer le fait qu'ils sont fiancés.

— Tu vas épouser ma sœur. Si tu ne l'as pas mise enceinte, alors tu as beaucoup d'explications à me donner.

Je ne savais même pas qu'ils sortaient ensemble. Skylar n'est à Breckenridge que depuis peu de temps.

Depuis combien de temps connait-elle Jayden ? Des jours ? Des semaines ? Je ne pense pas que ça fait des mois.

— Je passerai à ton bureau dans une heure. On ne devrait pas partir en même temps, dit Jayden.

Il n'a jamais été particulièrement paranoïaque.

— Tu penses que quelqu'un te surveille ?

— Je le sais.

————

Je me rends au bureau et attends que Jayden se montre. C'est dimanche, donc les gars sont en repos, et j'ai l'endroit pour moi tout seul.

Je ne suis pas sûr que Jayden passera comme promis, mais le bruit d'une porte claquant dehors me ramène au présent.

Jayden ne frappe pas et entre directement par la porte d'entrée.

— On n'a pas longtemps avant qu'ils ne réalisent que j'ai éteint mon téléphone et le traceur GPS de mon véhicule.

— Qui te suit ?

— Ce n'est pas important, dit Jayden. Skylar a des problèmes.

Une boule se forme dans le creux de mon estomac. Ce n'est pas ce que je m'attendais à entendre.

Je pensais que l'on est venu au bureau pour discuter du fait qu'il sort avec ma sœur et a l'intention de l'épouser.

— Qu'est-ce que tu veux dire, elle a des problèmes ? (Il a besoin de développer. Il n'y a que nous deux. Personne ne peut nous entendre comme au bar.) Explique-toi, maintenant ! je craque.

Il test ma patience.

— Elle est avec Angelo DeLuca.

— C'est qui, ça ? je demande. Et pourquoi donc est-elle avec lui ?

Je sors mon téléphone de ma poche.

Suis-je censé connaître le nom de ce type, car je ne le connais pas ?

— Tu ne peux pas l'appeler. Elle n'a pas son téléphone sur elle. Elle l'a laissé chez moi.

Jayden souffle lourdement, se passe une main dans les cheveux et se dirige vers le bureau en traînant les pieds.

Il a l'air nerveux comme pas possible quand il me tend son téléphone portable.

— Merde. Elle ne serait allée nulle part sans son stupide téléphone portable. Elle était collée à ce truc comme si c'était un autre de ses membres. Qu'est-ce que tu veux dire, elle est avec Angelo DeLuca ? C'est qui, bordel ?

— DeLuca est un chef mafieux rival de Don Ricci. Ils ont fait des affaires ensemble, mais Enzo croit que DeLuca le vole.

— Qu'est-ce que tout ça a à voir avec ma petite sœur ?

Skylar travaille dans un café. Elle n'a aucun contact avec la mafia.

— Don Ricci a utilisé Skylar comme taupe pour découvrir ce qui s'est passé.

— Quoi ? Tu es fou ? Tu as intérêt à plaisanter.

Je me rapproche, réduisant la distance entre nous.

Je suis prêt à lui casser la gueule.

Dans quel merdier l'a-t-il impliquée ?

Jayden n'est peut-être pas le gars le plus réglo, mais il ne semble pas possible qu'il ait envoyé ma petite sœur droit dans les griffes de l'ennemi.

CHAPITRE DOUZE

Jayden

Je ne veux pas impliquer Jaxson. C'est le plus grand emmerdeur qui existe. La vérité, c'est que je ne lui ai pas pardonné de m'avoir botté le cul au Blue-Sky Resort quand j'étais avec les marginaux et que nous prenions des otages.

Je n'étais pas partant pour ce plan, mais les marginaux avaient prévu d'y aller avec ou sans moi. Au moins j'ai pu m'assurer que personne ne se faisait tuer. En plus, je devais protéger Emma. Ça n'a pas servi à grand-chose.

— Où est passée ma sœur ?

— Je ne sais pas, dis-je en levant les bras en l'air. C'est ce que j'essaie de te dire. Angelo DeLuca la détient.

— Dis-moi tout. Commence par le début, exige Jaxson.

Je lui raconte rapidement mon plan et comment Enzo a eu une longueur d'avance à la fête, faisant de Skylar la star de la soirée.

— Tout ce que je peux supposer, c'est que le gars que j'ai engagé à mes ordres a secrètement travaillé avec Don DeLuca. Sinon, pourquoi les détails des expéditions correspondraient-ils toujours exactement ?

— Qui est ton associé ? Comment s'appelle-t-il ?

Jaxson se frotte le front. Il a l'air furieux.

Non pas que je lui en veuille. J'ai royalement merdé.

— Benjamin quelque chose. Je ne connais pas son nom de famille.

Il ne l'a pas dit, et je ne l'ai pas demandé.

Le visage de Jaxson perd sa couleur.

— Tu as ses coordonnées ou tu sais comment on peut le joindre ?

Il ne répond pas à son téléphone.

— Il ne répond ni aux appels ni aux sms.

Non pas que je m'attende à ce qu'il me réponde. Nous sommes en conflit, et c'est étonnant qu'ils ne m'aient pas laissé mort dans un fossé quelque part.

— Depuis combien de temps Skylar est portée disparue ? demande Jaxson.

— Soixante-douze heures.

CHAPITRE TREIZE

ARIELLA

Harper traverse le centre commercial en se dandinant. Une main posée sur son ventre de femme enceinte, elle essaye de nous suivre.

— Je dois encore faire pipi, dit-elle.

Harper se dirige vers les toilettes.

Hazel, Izzie et moi nous asseyons sur un banc à proximité.

— Tu penses qu'on a déjà acheté un exemplaire de tout ? je demande à Hazel, en tenant les six sacs de vêtements de maternité et de bébé pour Harper.

Hazel pose les sacs qu'elle tient par terre à ses pieds.

— Non, je pense qu'elle peut encore acheter une autre série de grenouillères et de couvertures pour bébé. Tu crois que Lincoln va faire une crise quand il verra la facture ?

J'en doute. Harper a eu une carrière fructueuse au cinéma avant de l'abandonner pour Lincoln et la maternité.

— Il pourrait flipper quand il verra tout ce qu'il faut pour un bébé, mais ce n'est pas comme si tout ça venait d'arriver. Je veux dire, ils ont acheté un berceau le mois dernier, et les gars ont aidé à le monter, dis-je.

Ça par contre, c'était une surprise. Harper ne s'attendait pas à tomber enceinte, et même si elle et Lincoln sont heureux d'accueillir un bébé dans quelques semaines, ce n'était pas prévu.

— Je peux monter dans la fusée ? Izzie montre du doigt la machine cachée dans un coin du centre commercial.

Je fouille dans ma poche pour voir si j'ai des pièces pour la mettre en route.

— Oui. Tu peux surveiller les sacs ?

Je ne pense pas qu'Hazel va les abandonner et disparaître, mais je me dis que je dois quand même demander poliment.

— Oui, vas-y. Amuse-toi bien !

Elle nous fait signe de partir, et Izzie s'élance vers la fusée.

Je me précipite après Izzie. Elle est déjà montée dans le siège et attend que j'allume la machine.

Je dépose quelques pièces de 25 cents et la regarde prendre vie.

La fusée s'allume et fait plusieurs bruits avant de se mettre à rebondir sauvagement, provoquant un fou rire d'Izzie.

Elle est facile à divertir aujourd'hui.

Harper traverse le couloir des toilettes en se dandinant et rejoint Hazel près du banc. Elle fait un signe à Izzie et moi avant de s'asseoir à côté d'Hazel.

Les deux filles discutent vivement, riant et bavardant sur je ne sais quoi.

Je tourne mon attention vers Izzie, pour découvrir qu'elle est partie.

La fusée cesse de s'agiter, et je regarde de l'autre côté, soulagée de la trouver en train de grimper sur une moto.

— Encore ! Plus de pièces ? demande Izzie.

Cette fille va me faire faire une crise cardiaque !

Je dépose quelques pièces dans la moto. Le moteur émet un vrombissement infernal, et les phares clignotent d'une multitude de couleurs.

Je jette un coup d'œil au-dessus de la fusée pour voir Hazel et Harper toujours plongées dans leur conversation.

— C'est le dernier, dis-je à Izzie. Je n'ai plus de pièces.

Elle gémit en signe de protestation et boude son mécontentement.

— Psst !

Je regarde derrière moi.

— Skylar ?

Je n'ai pas parlé avec elle depuis un moment. Elle s'est fiancée en secret, et à en juger par son apparence, elle semble avoir des problèmes. Ses cheveux sont sales, sa peau couverte de crasse, tout comme ses vêtements.

— J'ai besoin que tu viennes avec moi, dit Skylar.

Elle jette un coup d'œil derrière elle vers la sortie latérale située à quelques mètres.

— Izzie, il est temps de partir.

Je ne peux pas la laisser seule. Je dois aller chercher Hazel et Harper et leur dire que quelque chose se passe avec Skylar. Cependant, je n'ai aucune idée de ce que c'est pour le moment.

— Non, euh, juste toi, réplique Skylar.

— Je ne peux pas la laisser. Qu'est-ce qui se passe, Skylar ? je demande, en me rapprochant.

— S'il te plaît, c'est une question de vie ou de mort.

Elle s'éloigne de ma portée et ouvre la sortie latérale avec force.

Merde.

J'attrape Izzie et la tiens sur ma hanche en courant vers la sortie latérale.

Je pousse la porte.

La lumière du soleil m'aveugle momentanément.

— Je suis désolé, me chuchote la voix de Skylar derrière moi.

Une camionnette blanche se gare devant la porte. La porte arrière coulisse, et mon souffle se bloque dans ma gorge lorsque je vois Benjamin Ryan, mon ex-mari, de l'autre côté, une arme à la main.

Je tends la main derrière moi pour trouver l'entrée du centre commercial, la porte, mon échappatoire.

Elle est verrouillée de l'extérieur.

— Monte, dit Ben, faisant signe avec son arme de suivre ses ordres.

Lentement, je pose Izzie, plantant ses pieds sur le sol.

— Cours ! je lui crie, priant qu'elle m'écoute et qu'elle aille chercher de l'aide.

Je ne veux pas qu'elle soit mêlée à mes problèmes.

Que fait Skylar avec Ben ? Depuis quand sont-ils devenus amis ?

Izzie s'accroche à mon côté, ne voulant pas courir pour se sauver.

Il enlève la sécurité de son arme et la pointe sur la tête de la petite brune.

— Monte, ou elle meurt !

CHAPITRE QUATORZE

Skylar

Courir a semblé une bonne idée, jusqu'à ce que le coup de feu retentisse.

Je ne veux pas mourir.

Pas aujourd'hui.

S'échapper semble la seule option face à l'exploitation. Pourquoi Enzo nous a-t-il trahis, Jayden et moi ?

Il m'a livré à l'ennemi sans la moindre hésitation.

Mes doigts effleurent le ruban qu'Enzo a noué dans mes cheveux. C'est un geste étrange. Je l'arrache, ne voulant aucune trace de lui sur moi.

La robe que je porte, il me l'a donnée aussi.

Mon estomac se creuse. Je vais être malade.

Je ne peux pas me déshabiller. Je n'ai rien d'autre à porter.

Est-ce qu'Enzo a intentionnellement essayé de me marquer ?

De me revendiquer ? De me montrer que je lui appartiens ?

A l'arrière du SUV, je détache mes cheveux, laissant les longues mèches tomber autour de mon visage. Je laisse tomber les barrettes et les pinces sur le sol.

A l'intérieur du ruban rouge, il y a un tout petit message, réservé à mes yeux.

Obtiens des informations si tu veux survivre. Tu travailles pour nous maintenant.

Je suis furieuse.

Jayden est-il dans le coup, ou est-ce l'idée de Don Ricci ? Jayden n'en a jamais parlé, et il a eu l'air plutôt secoué lorsqu'il a été appréhendé et que j'ai été expédiée devant la foule.

Si je veux survivre, je dois obéir à tous les ordres de Don DeLuca, au moins jusqu'à ce que les secours arrivent.

Quelqu'un viendra-t-il me sauver ?

Jayden n'est pas mon fiancé, pas vraiment. Nous avons prétendu être fiancés pour se marier, et ça n'a pas duré longtemps. Tristement, ça a duré plus longtemps que toutes mes vraies relations.

Pathétique, je sais.

Le plan B de Jayden consistant à flirter avec Dante est discutable. Angelo DeLuca m'a traîné hors de la maison d'Enzo Ricci.

La main d'Angelo serre mon cou, me rappelant que si je ne fais pas ce qu'on me dit, je suis comme morte.

Je ne peux laisser personne voir le ruban. Je le remets dans mes cheveux, pensant que je m'en débarrasserai correctement plus tard. Personne ne peut le trouver. S'ils le trouvent, ils penseront que je suis une espionne.

———

Je suis seule, avec seulement un lit de camp, dans un sous-sol froid et moisi.

Il y a d'autres filles. Je les ai vues quand on m'a fait descendre au sous-sol, en passant devant leurs cellules.

Mais je n'ai pu parler à aucune d'entre elles.

La prison dans le sous-sol de DeLuca est assez grande, et ils m'ont amenée dans une autre zone, loin des filles qui ont été enfermées ensemble.

Pourquoi suis-je détenue ?

Pourquoi me garde-t-il dans le coin le plus éloigné de sa prison ?

Des murs et sols en ciment avec des barreaux en fer forgé nous maintiennent enfermées. Il n'y a aucun moyen de s'échapper, pas sans une clé.

De temps en temps, je peux entendre l'écho de voix féminines, mais je ne peux pas entendre ce qu'elles disent. C'est comme si Angelo DeLuca sait pourquoi on m'a confié à lui, et il m'empêche de remplir ma mission secrète.

Jayden viendra-t-il pour me chercher ?

Et Enzo Ricci ?

————

De lourds bruits de pas résonnent sur le sol.

Je me redresse, attendant de voir qui vient dans ma direction. Est-ce les secours ? Je n'ai pas entendu de coups de feu ou de bruits de lutte.

Il ne semble pas probable qu'Enzo se montre et qu'Angelo me remette à lui.

— Tiens, tiens, tiens, la voix d'Angelo pénètre dans ma cellule alors qu'il tourne au coin du couloir. (Il porte un pantalon et une chemise noire. Ses cheveux noirs ont l'air gras car il les a gominés avec trop de gel.) Lève-toi ! m'ordonne-t-il.

Je me lève, croise les bras sur ma poitrine et hésite en me dirigeant petit à petit vers la porte de la cellule.

Va-t-il me laisser partir ? Il ne semble pas être du genre à rendre sa liberté à une fille.

Il me dévisage, parcourant du regard chaque centimètre de mon corps. Est-il en train de me déshabiller mentalement ?

Je suis assoiffée, et même si mon corps tremble, j'espère qu'il ne remarque pas ma peur.

— Que veux-tu de moi ? je demande.

— Tsk. Tsk. Angelo secoue la tête, désapprobateur. Je pose les questions. Tu écoutes.

Je ne suis pas loyale envers Enzo ou Angelo. Tout ce qui m'importe est ma survie.

Une deuxième série de bruits de pas arrive plus loin dans le couloir.

— Nous savons que tu es la petite amie d'un des associés d'Enzo. Ce que je n'arrive pas à comprendre, c'est pourquoi Don Ricci t'a donné en cadeau.

Angelo déverrouille la porte de la cellule et entre, laissant la porte entrouverte.

Puis-je le dépasser et m'enfuir ?

— Une idée ? demande Angelo.

La deuxième série de pas se rapproche et franchit le coin du couloir. Je ne reconnais pas l'homme. Je ne sais pas pourquoi je pensais le reconnaître.

Ce n'est pas Jayden. Il n'y a pas beaucoup d'autres personnes que je connais par ici. Je suis encore nouvelle en ville.

Angelo sait-il ça de moi ? Il connait déjà la même histoire que nous avons racontée à Enzo sur notre fausse relation.

Angelo se rapproche de moi quand je ne réponds pas.

Je me sens piégée, mon dos contre le mur de ciment froid, ne me laissant nulle part où aller.

Lentement, il lève une main. Son index caresse ma joue.

— Tu es une jolie fille. Tu pourrais même passer pour une honnête femme. (Il rit avec une noirceur qui me fait frissonner.) Tu peux pourrir dans cette cellule ou travailler pour Ben. Il a besoin d'un associé, et j'ai besoin de plus de filles.

Ben vient se placer de l'autre côté de la cellule, les bras croisés sur sa poitrine.

— Tu es sûr de toi ? demande-t-il à Angelo.

— Si elle est censée être une taupe, nous la ferons travailler pour nous, et si elle ne l'est pas, alors elle me sera redevable. Je lui donne un avant-goût de la liberté. Ça a un prix, dit Angelo.

Son doigt caresse ma mâchoire avant d'attraper mon menton et de tirer sur mon visage avec force, amenant mon regard à se fixer dans ses yeux froids et sans vie.

Je retiens mon souffle.

— Désobéis à l'un de mes hommes, et ils te mettront une balle dans la tête. Ensuite, nous pourchasserons ton charmant petit ami, dit Angelo.

Il relâche sa prise ferme sur mon visage, et je pousse un soupir, bien que je ne me sens pas soulagée, pas encore. C'est loin d'être terminé.

— Je veux que tu sois de retour ici à minuit avec trois filles. Elles ont intérêt à être jeunes, fraîches, et pleines de vie.

Angelo lance un regard dur à Ben.

Il y a un non-dit entre eux.

Une lourdeur plane dans l'air.

C'est à propos de moi ?

— Allons-y, grogne Ben en pointant du doigt le couloir.

Sans rien dire, je sors de la cellule et suis Ben dans l'étroit couloir. Je garde la tête baissée. Je n'ai pas envie d'être ici, et je ne veux surtout pas m'impliquer davantage dans cette histoire.

J'ai besoin d'un plan, et vite.

Enlever trois filles avant minuit ?

Si je ne vais pas en prison, alors j'irai en enfer.

CHAPITRE QUINZE

ARIELLA

Izzie s'accroche à moi. Je la serre fort, ses bras entourant ma poitrine, tandis que je monte à contrecœur à l'arrière de la camionnette.

Si je suis prête à risquer ma vie, je ne suis pas prête à mettre Izzie en danger.

Je sais qu'elle a peur, mais j'aurais aimé qu'elle fasse ce que je lui ai demandé et qu'elle s'enfuie. Au moins, elle aurait pu se sauver.

La porte arrière, la sortie par laquelle on nous a fait sortir, s'ouvre en grinçant.

Hazel et Harper sortent.

Merde.

J'ouvre la bouche pour crier, pour les avertir de retourner à l'intérieur et de chercher de l'aide.

Mais c'est trop tard.

— Vous ! Les yeux de Ben se rétrécissent et il grogne contre elles. Montez ! leur aboie-t-il en pointant son arme sur le ventre maternel de Harper.

Harper lève les mains.

— Ok. Ok. Ne nous tirez pas dessus !

Elle se dandine vers la camionnette blanche. Un air de peur traverse son visage quand elle me voit à l'arrière avec Izzie.

Est-ce qu'il sait que Harper, Hazel et moi sommes amies ? Qu'est-ce qu'il leur veut ?

Hazel hésite.

— Monte ou je tue la petite fille.

Ben pointe l'arme sur Izzie.

Hazel souffle mais monta à l'arrière de la camionnette et vient s'asseoir à côté de moi. Elle pose une main sur ma jambe tandis que nous sommes tous assises en boule sur le sol.

Skylar monte avec nous avant que Ben ne claque la porte du van.

Un moment plus tard, le moteur rugit. Où nous emmène-t-il ? S'il est après moi, pourquoi impliquer tous les autres ?

— A quoi tu pensais, bon sang ? je lance à Skylar qui est assise sur le sol en face de nous.

Pourquoi Skylar est-elle amie avec Ben ?

— Je n'avais pas le choix, répond Skylar, les yeux baissés sur le plancher métallique du camion.

Harper pose une main sur son ventre.

— Ça n'a pas d'importance. On est dans cette situation maintenant. Qu'est-ce qu'on va faire ?

Ben ne peut pas nous entendre du siège avant, au volant.

Je tente la poignée de la portière, mais je ne m'attends pas à ce qu'elle s'ouvre. Même si elle s'ouvrait, que ferons-nous ? Sauter d'une camionnette en marche ? Nous avons un enfant et une femme enceinte, alors ce n'est pas le meilleur des plans.

Je sors mon téléphone portable de ma poche. Ben n'est clairement pas un expert en kidnapping. Heureusement, il n'a pas beaucoup appris de la dernière fois qu'il m'a enlevée.

— Où est-ce qu'il nous emmène ? je demande, en regardant fixement Skylar.

Elle est assise, les jambes croisées, et se mord la lèvre inférieure.

Super. Skylar ne va pas m'aider.

Je cherche le numéro de Jaxson et essaye de l'appeler.

Ça sonne et me dirige sur la messagerie.

Sérieusement ? Que fait-il de si important ? Quoiqu'il ne peut pas savoir qu'on a été embarquées à l'arrière d'un van.

— Jaxson, ta folle de sœur nous a fait enlever tous les quatre par Benjamin Ryan. On est à l'arrière de son van blanc et, selon le GPS, on se dirige vers le nord-est. Je ne sais pas combien de temps nous aurons nos téléphones. S'il te plaît, appelle-nous.

— Papa, dit Izzie, en tendant la main vers mon téléphone.

Je raccroche.

— Je suis désolée, ma puce, papa n'a pas décroché.

Je mets mon téléphone en silencieux et le glisse dans mes bottes tendance.

Izzie tremble dans mes bras et s'accroche à moi encore plus fort, son étreinte rendant ma respiration difficile.

Doucement, je caresse son dos, essayant d'apaiser ses peurs. Cette fille a déjà vécu suffisamment de choses dans sa courte vie.

Skylar fixe Izzie.

— Je suis désolée. Ce n'est pas mon choix d'être ici non plus. (Son regard rencontre le mien.) Je sais que tu penses que Ben est le monstre. Tu penses probablement que j'en suis un aussi, mais tu n'as encore rien découvert de ce qu'*il* est capable de faire.

— Qui ? je demande.

Si elle ne parle pas de Ben, alors qui est derrière notre enlèvement. Pour qui Ben travaille-t-il ?

— Don DeLuca, chuchote Skylar.

Je l'ai à peine entendue, et je ne reconnais absolument pas ce nom. Elle garde son regard détourné.

Skylar se triture les mains avant de se concentrer sur ses ongles et de gratter le vernis rose clair.

— Ce nom est censé me dire quelque chose ? je demande.

Je jette un coup d'œil à Hazel et Harper. Non pas que je m'attende à ce qu'elles reconnaissent le nom, mais peut-être qu'elles sont au courant de quelque chose que je ne sais pas.

— Merde, chuchote Harper.

— Quoi ? Je la regarde.

Qu'est-ce qu'elle sait ?

— DeLuca travaille pour Don Ricci, dit Harper. Eh bien, « travaille pour » est un bien grand mot. Après avoir découvert le passé d'Enzo, j'ai fait quelques recherches.

— Recherches ? je demande.

— Oui, j'ai engagé un détective privé pour savoir qui j'avais épousé et pourquoi il était à Vegas. Quand j'ai vu aux infos qu'Enzo était recherché pour une flopée de crimes, j'ai pensé qu'il était le seul chef de la mafia.

— Chef de la mafia ? chuchote Hazel. S'ils savent que mon nom de famille est Agron, ils vont me tuer.

Elle ramène ses genoux contre sa poitrine, les yeux écarquillés. Je peux la sentir trembler à côté de moi dans le van.

Le frère aîné d'Hazel était à la tête de la mafia russe à Chicago, mais il est mort. Nous n'avons pas suivi l'évolution de la hiérarchie, mais Hazel est probablement toujours une cible de la mafia russe. Ils l'ont laissée tranquille après l'arrestation de son fiancé, Franco Ivanov, mais cela ne signifie pas qu'ils ne sont pas prêts à se venger si DeLuca avait des liens avec Chicago.

— Il s'avère qu'Angelo DeLuca dirige le réseau du Nevada et du Sud-Ouest. Ils sont ennemis, du moins ils l'étaient. Mais Lincoln a gardé un œil sur Enzo. Il ne croit pas qu'il va me laisser tranquille.

Peut-être que Lincoln a raison, et que Ben ne nous a pas enlevés tous les quatre à cause de moi. Cela ne me fait pas me sentir mieux.

Est-ce que ça pourrait être parce que Don DeLuca essaye d'attirer l'attention de Don Enzo avec Harper ? Pense-t-il que le bébé est celui d'Enzo ?

— Qu'est-ce qu'on fait ? je demande, en jetant un coup d'œil de Harper à Skylar.

Skylar fixe à nouveau le sol.

— Je ne peux pas vous aider. Don DeLuca attendait trois filles avant minuit. Je n'avais pas le choix, murmure-t-elle.

Sa voix est éraillée, comme si elle lutte contre les larmes.

Je n'ai jamais vu Skylar pleurer. Elle est d'humeur changeante et difficile, sensible comme une peste. Mais envahie par l'inquiétude, ce n'est pas une Skylar que j'ai eu l'habitude de voir, jamais.

Le véhicule s'arrête brusquement.

Le moteur se tait.

Pourquoi nous arrêtons-nous ?

Je veux prendre mon téléphone et jeter un coup d'œil au GPS pour déterminer notre position, mais la porte du van grince et claque.

Ben se déplace.

D'une seconde à l'autre, il va ouvrir la porte du van, et je ne peux pas risquer qu'il découvre mon téléphone.

Ben tire sur la poignée et fait glisser la porte du van pour l'ouvrir.

— Dehors ! exige-t-il en agitant son arme vers nous.

— Je veux rentrer à la maison, dit Izzie en me serrant fort.

Elle est déjà dans mes bras, mais son étreinte ne semble pas suffisante.

— Je sais, ma chérie.

Je veux rentrer à la maison, aussi.

Je risquerais ma vie pour protéger Izzie. Elle est devenue ma fille autant qu'elle est celle de Jaxson.

CHAPITRE SEIZE

JAXSON

Comment ai-je pu manquer son appel ?

Je l'écoute encore et encore. Je peux entendre la peur dans sa voix, même quand Ariella essaye d'être forte.

Elles sont allées au centre commercial. Ça doit être là qu'elles ont été enlevées.

Nous avons rencontré les vigiles du centre commercial qui nous ont montré les images de surveillance en noir et blanc de l'enlèvement.

Skylar est avec elles, et Ben a une arme qu'il a pointé sur ma petite fille.

Je vais le tuer.

Mason et Lincoln se tiennent de chaque côté de moi, regardant aussi la vidéo. La vie de leurs petites amies est en jeu, tout comme celle de ma fille et d'Ariella.

Il me faut beaucoup d'efforts pour ne pas tabasser Jayden.

Il a causé ce bordel.

— Appelle Declan, je donne des ordres. Qu'il commence à chercher des vidéos de surveillance et des images pour savoir où Ben a pu les emmener. Ariella a dit qu'ils se dirigeaient vers le nord-est. Je veux qu'Aiden suive son téléphone. Bordel, suis tous les téléphones, vois si quelqu'un émet un signal. Pour qui Ben travaille-t-il ?

— Si Skylar est avec elles, je sais qui a les filles. Elles sont avec Angelo DeLuca, dit Jayden.

— DeLuca, le patron du crime de Vegas ? Mais qu'est-ce qu'il fout à Breckenridge ?

Je pivote sur mes talons, me retrouvant face à face avec Jayden, exigeant une réponse. Soudain, le nom fait tilt dans ma tête.

Lincoln surplombe Jayden.

— Je me suis posé la même question à propos de Don DeLuca. Que fait-il en ville ? Je me doutais de quelque chose sur lui et Enzo. Un homme comme DeLuca ne vient pas passer de petites vacances au milieu de nulle part, dit Lincoln.

Lincoln a raison.

DeLuca ne prépare rien de bon.

— Tu penses que c'est une guerre de territoire ? je demande.

Lincoln en sait plus sur la mafia que moi.

Je suis bien conscient de son projet parallèle de recherche d'informations sur Enzo Ricci. Même si je n'apprécie pas ça, je ne pense pas que son travail de détective privé est la raison pour laquelle les filles avaient été enlevées.

Mais je n'aime pas les coïncidences.

— Non, Lincoln secoue la tête. Je sais de source sûre qu'ils travaillent ensemble.

Putain. C'est une nouvelle pour moi.

Ça ne suffit pas qu'Enzo Ricci s'installe à Breckenridge, mais maintenant il faut aussi s'occuper d'Angelo DeLuca ?

— Quel genre de business ? je jette un regard en arrière à Jayden. Tu sais de quoi il s'agit, n'est-ce pas ?

Il a gardé le silence pendant trop longtemps.

Je suis prêt à me salir les mains et à torturer ce salaud si cela signifie retrouver ma fille et la récupérer, elle et les filles.

Jayden fait un pas en arrière dans les limites de la salle de sécurité du centre commercial.

Je me racle la gorge. Les agents de sécurité du centre commercial n'ont pas besoin de plus d'informations que celles que nous leur avons déjà fournies.

— Et si on allait dehors ? je demande.

Ce n'est pas une question.

Les gars sortent du bureau des vigiles du centre commercial et franchissent les doubles portes vers l'extérieur.

— Ecoutez.

Jayden lève les bras en signe de reddition.

Il a probablement peur qu'on lui casse la gueule.

Ça m'a bien sûr traversé l'esprit, mais il nous est bien plus utile vivant et indemne.

— Je ne voulais pas que tout ça arrive. Tu dois savoir que je ne ferais jamais de mal à une femme enceinte ou à un enfant, dit Jayden avec insistance. Je veux aider. Laisse-moi parler à Enzo et voir si on peut convaincre DeLuca de nous rendre les filles et l'enfant.

L'air renfrogné de Mason n'a pas quitté son visage.

— Tu penses honnêtement que mêler Enzo à tout ça va aider qui que ce soit ? On n'a pas besoin de devoir une faveur à un mafieux. On va gérer ça à la manière de Tactique de l'Aigle dit Mason.

— Si tu veux dire que l'on doit foncer tête baissée et faire sauter le complexe de DeLuca, je suis complètement partant, dit Lincoln.

Je n'ai aucune objection. Nous devons agir rapidement.

Je me dirige vers le camion, les autres me suivent. Nos armes et notre équipement tactique sont tous au bureau d'Eagle Tactical.

De plus, nous avons besoin de plans ou de quelconques schémas pour ne pas y aller à l'aveuglette.

Il faudrait du temps pour concevoir un plan infaillible, un élément que nous n'avons pas beaucoup vu ce à quoi nous sommes confrontés.

Nous filons jusqu'au bureau où Declan et Aiden sont occupés à faire des recherches, à essayer de localiser les téléphones des filles et à nous donner accès aux images de sécurité de l'enceinte de DeLuca.

Lucy, la réceptionniste, bondit dès que nous arrivons à l'intérieur.

— Je suis vraiment désolée. Je viens d'apprendre ce qui s'est passé, dit-elle, en nous suivant dans le hall. S'il y a quelque chose que je peux faire pour aider. Je sais à quel point votre fille compte pour vous, monsieur.

Je pousse un gros soupir. Il n'y a pas qu'Izzie qui a disparu, même si elle est au premier plan de mes pensées.

Ariella a également été enlevée, et étant donné son état de santé, je n'ai pas trop envie qu'elle soit détenue par un mafieux. Non pas que je sois heureux que n'importe laquelle des filles ait été enlevée et menacée par une arme.

— J'apprécie, Lucy, dis-je.

Je reconnais qu'elle veut aider. C'est la raison pour laquelle elle n'est pas cachée derrière son bureau et qu'elle prend un rôle actif dans ce que nous faisons pour vivre.

Mais je ne peux pas l'impliquer ou mettre sa vie en danger. Elle n'est pas une ancienne militaire. Lucy n'a pas d'entraînement tactique. Elle sait répondre au téléphone, prendre des rendez-vous, et approvisionner le bureau.

J'ai probablement l'air d'un con ingrat. Oui, je suis reconnaissant que Lucy m'ait proposé son aide, mais je ne vais pas risquer sa vie pour sauver les filles.

En toute honnêteté, il n'y a rien qu'elle puisse faire.

— Les gars, la voix d'Aiden traverse le hall.

Je me dépêche d'aller vers son bureau d'un pas vif et passe la tête à l'intérieur.

— Tu as quelque chose ?

J'espère qu'il ne nous dit pas seulement bonjour.

Mon cœur est comme un marteau-piqueur, martelant contre le trottoir éventré. Je me sens à bout de nerfs, près à crier et à libérer une fureur dont j'ignorais l'existence jusqu'à aujourd'hui.

Ma petite fille est en danger.

Ariella est en danger.

Les deux personnes au monde qui comptent le plus pour moi pourraient mourir aujourd'hui.

Ce n'est pas une pensée que je peux supporter ou une réalité que je suis prêt à vivre.

— J'ai reçu un signal d'un des téléphones, celui d'Ariella, dit Aiden. C'était bref et n'a duré qu'une seconde, mais on a localisé le quartier.

Declan apporte son ordinateur portable dans le bureau et nous rejoint, ainsi que Mason et Lincoln.

— Jayden est convaincu qu'ils sont détenus dans l'enceinte d'Angelo DeLuca, dis-je.

Je le mets au courant de ce que lui et Declan ont manqué.

Jayden traîne dans le couloir, les bras croisés. Il semble plein de remords mais mal à l'aise. Probablement parce que nous sommes prêts à le pendre par les couilles si quelque chose arrive à l'une des filles qui a été kidnappée.

— Vous devriez voir ça, dit Declan.

Il a piraté les images de surveillance de la résidence de DeLuca, qui se trouve être également l'emplacement de son complexe.

Il tapote l'écran et zoome, éclaircissant une partie des images de vidéosurveillance.

Une petite fille court seule sur l'escalier en bois.

— C'est Izzie !

A-t-elle échappé aux hommes ?

Pourquoi court-elle à l'étage et pas vers la porte ?

— On doit bouger, maintenant !

Je ne peux pas regarder et être le témoin de quelque chose d'horrible arrivant à ma fille.

Je me précipite hors de la pièce pour aller vers la porte.

— Appelle-moi dès que tu as quelque chose de concret !

Jayden sort après moi.

— Je viens avec vous. J'ai mis vos familles dans ce pétrin. Je vais les en sortir.

Je lui jette un regard. Je ne sais pas ce qu'il a en tête, mais nous aurons probablement besoin d'une distraction. Jayden peut être l'appât, je m'en fous.

CHAPITRE DIX-SEPT

Skylar

Je n'ai pas de plan, pas quand Don DeLuca exige que j'aide son associé à choper trois filles avant minuit.

Fuir est peut-être la meilleure option, mais je ne suis pas du genre à fuir. D'ailleurs, où est-ce que j'aurais pu aller sans me faire tuer par balle et jeter dans la forêt ?

Ben a insisté pour qu'on fasse le kidnapping au centre commercial.

C'est un idiot.

Je n'arrive pas croire qu'il voulait qu'on enlève trois filles devant des caméras de surveillance. Essaye-t-il de nous faire attraper ? Peut-être qu'il veut me jeter en prison, et qu'il a prévu de fuir en voiture, en me laissant derrière lui.

Pour moi, il est capable de tout.

Nous ne sommes pas amis.

Je n'aime même pas ce salaud.

Jayden viendra-t-il me chercher ? Je doute de tomber sur lui par hasard. C'est une trop grosse coïncidence, et je n'ai même pas mon portable sur moi pour qu'il le trace.

J'ai suivi les instructions, je suis entrée dans le centre commercial et, en voyant Ariella, j'ai espéré pouvoir l'impliquer, ne serait-ce que pour son aide.

Ayant vécu avec elle et Jaxson ces derniers mois, je connais son secret. Ariella a été un agent de la C.I.A. Enfin, je sais qu'elle a travaillé pour la C.I.A.

Je ne sais pas exactement ce qu'elle faisait, mais si quelqu'un a été formé et peut nous sortir de ce pétrin, Ariella est intelligente, rusée, et a vécu assez de prises d'otages pour être prête cette fois.

Pas vrai ?

Bon sang, j'ai eu tout faux.

Putain de merde.

Je ne me remets toujours pas du fait qu'Izzie nous a couru après.

Je déteste tout de même les enfants. Je ne prévoie pas d'en avoir, mais c'est ma nièce, et même si c'est une petite morveuse, elle est aussi ma famille.

Pourquoi n'a-t-elle pas écouté Ariella quand elle lui a dit de s'enfuir ?

J'aurais dû faire quelque chose.

J'aurais pu affronter Ben, l'aider à s'enfuir, et aider à ma propre fuite, aussi.

Mais j'ai été stupide et égoïste. La vérité est que j'ai eu peur que Ben me tue, ou pire, la petite fille sur laquelle il a pointé son arme.

Et donc j'ai fait ce qu'on m'a dit, je suis montée craintivement dans le van et j'ai prié pour qu'un jour Ariella et Jaxson trouvent dans leur cœur la force de me pardonner.

Aujourd'hui ne sera pas ce jour.

— Sortez ! Ben nous crie dessus, en agitant son arme.

Cette fois, il n'est pas seul.

Il a garé le van près de l'entrée arrière de la propriété, et les hommes de DeLuca brandissent leurs armes, nous rappelant d'obéir à leurs ordres.

Personne ne veut sortir du van en premier, surtout pas moi.

Les filles ne bougent pas, et je suis là depuis assez longtemps pour savoir que si nous ne suivons pas leurs instructions, il y aura des conséquences.

Soufflant bruyamment, je sors de la camionnette en première et, sans même regarder, je peux entendre le brouhaha derrière moi lorsque les autres filles me suivent.

— Suivez-moi, dit Ben en nous faisant entrer par la porte métallique et descendre les escaliers vers le sous-sol. Pas toi. Tu restes ici, me dit-il.

— Où l'emmenez-vous ? demande Ariella.

Se soucie-t-elle encore de moi après ce que j'ai fait ?

Son regard vers moi se fait bref alors qu'elle serre Izzie contre sa poitrine, tenant la petite fille dans ses bras. Peut-être que je l'imagine, mais elle n'a pas l'air en colère comme je m'y attends.

Est-ce de la déception ? Peut-être de la tristesse.

Ou je ne veux tout simplement pas voir qu'elle me déteste. C'est une possibilité tout aussi réelle.

— Ce n'est pas ton problème, dit Ben. Qui est l'enfant ? On n'a pas été séparés assez longtemps pour qu'elle soit à toi, me dit-il

Il tend la main vers Izzie, la dégageant de l'emprise d'Ariella.

— Non ! Ariella pivote son corps, protégeant ma nièce de ses mains avides.

— Qu'est-ce que tu lui veux ? je demande. C'est juste une enfant.

Je ne sais pas ce que Ben prévoit de faire avec les filles, mais je soupçonne que ce n'est pas bon. J'ai vu la poignée de femmes dans le sous-sol, et d'après ce que j'ai compris de Jayden, elles sont victimes de trafic.

— Bien. Tu la veux. Elle est sous ta responsabilité, dit Ben en poussant Izzie dans mes bras.

Merde.

Qu'est-ce que je sais des enfants ?

Les yeux d'Izzie se remplissent de larmes et sa lèvre inférieure tremble avant que la digue ne cède.

— Je veux mon papa ! hurle Izzie en se tortillant dans mes bras.

Elle ne veut pas que je la tienne, et je ne lui en veux pas. Nous ne sommes pas les meilleures amies du monde. Elle sait probablement que je ne suis pas dingue d'elle, et elle me fait clairement comprendre qu'elle ne veut pas non plus être coincée avec moi.

— Tout va bien se passer, dit Ariella en frottant doucement le dos d'Izzie. Skylar ne laissera rien t'arriver. N'est-ce pas ?

Le regard qu'elle me lance me fit frissonner.

— Oui, c'est vrai. Tu es en sécurité avec moi, dis-je en tenant Izzie sur ma hanche.

J'ai envie de la poser. Je n'ai pas l'habitude de tenir un enfant, encore moins une quinzaine de kilos qui s'est accrochée à mon cou et à mes hanches.

La petite n'a pas l'intention de relâcher sa prise sur moi.

— Tu la protégeras, à tout prix, dit Ariella en se penchant près de mon oreille. Ou alors, je jure devant Dieu, je te traquerai et te ferai subir la colère de Jaxson.

Ariella a raison. Je crains mon grand frère bien plus que je ne la crains elle.

CHAPITRE DIX-HUIT

ARIELLA

Jaxson va me tuer.

Cette vermine m'a arraché Izzie des bras et l'a confiée à Skylar.

La sœur de Jaxson n'a pas l'air très heureuse de devoir s'occuper de la petite fille.

Ben entraîne Skylar loin de nous, en haut d'un autre escalier et hors de vue.

— Maman ! crie Izzie.

Est-elle en train de m'appeler ?

Je déteste le fait que Ben soit là-haut avec Izzie et Skylar. N'importe qui d'autre, et j'aurais eu peur, mais pas à ce point. Je sais de quoi Ben est capable.

C'est un monstre.

Ben m'a enlevée, menacée, tenue en otage, et il m'aurait tuée s'il en avait eu l'occasion.

Mon cœur fait mal et mon estomac se serre.

Va-t-il faire du mal à Izzie pour se venger de ce que j'ai fait toutes ces années auparavant ?

Je ne suis peut-être pas la mère biologique d'Izzie, mais je suis la seule mère qu'elle a connue. Emma, sa mère biologique, est absente, en prison. Elle n'a pas voulu de sa fille et a prévu de la faire adopter quand elle a appris sa grossesse.

— Bougez ! ordonne un homme que je ne reconnais pas.

Il a des sourcils épais et touffus et des cheveux courts et bouclés.

Il nous conduit, Hazel, Harper et moi, vers des escaliers, une arme pointée sur nous pour nous rappeler que c'est lui qui commande.

— Dépêchez-vous ! ordonne l'homme alors que nous descendons dans le sous-sol sombre.

Des rangées et des rangées de cellules de prison bordent le bâtiment souterrain. À droite, plusieurs femmes sont enfermées dans l'une des cellules.

Il déverrouille la deuxième cellule, et la porte blindée s'ouvre en grinçant lorsqu'il la bascule vers l'extérieur.

— Entrez, dit-il, faisant signe avec son arme pour que nous fassions ce qu'il nous demande.

Je jette un coup d'œil par-dessus mon épaule à Hazel et Harper à l'arrière. Derrière eux, deux gardes se tiennent armés d'armes semi-automatiques.

Ils sont trop nombreux, et Harper est enceinte. Je ne peux pas les affronter sans prendre trop de risques.

J'hésite avant de faire ce qu'on me demande. J'entre dans la cellule. Hazel suit juste quelques pas derrière moi.

— S'il vous plaît, monsieur, dit Harper, une main sur son ventre surdimensionné.

Il n'y a pas moyen de cacher à ces hommes le fait qu'elle est enceinte.

Elle se tient à l'entrée de notre cellule mais n'a pas encore mis les pieds à l'intérieur.

— Bouge ! crie-t-il en poussant Harper par la porte de fer.

Elle titube en avant, trébuchant sur ses pieds enflés.

Je me précipite en avant et tends la main pour attraper Harper et l'empêcher de tomber au sol. Nous devons nous sortir de cette situation indemnes.

Il se tient debout et bloque la sortie, mais il n'a pas encore fermé la porte métallique, nous enfermant à l'intérieur.

— Donnez-moi vos téléphones.

Hazel et Harper fouillent lentement dans leurs poches, récupérant leurs appareils.

Je ne bouge pas de l'endroit où je me tiens sur le sol en ciment.

— Le mien est tombé quand on nous a emmenées, dis-je en faisant de mon mieux pour mentir.

Je refuse de céder, mes yeux fixant les siens.

Si je ne fais que tressaillir, il verra la supercherie.

Ses yeux se plissent alors qu'il examine mon corps.

— Je ne te crois pas. Déshabille-toi.

— Je le jure, je n'ai pas mon téléphone. (Je lève les mains en signe de reddition.) Vous pouvez me fouiller, dis-je.

J'espère que ça suffira.

Je ne veux pas me déshabiller, encore moins pour lui.

Heureusement, Skylar est déjà partie, sinon elle aurait pu révéler l'emplacement de mon portable.

Elle est la dernière personne en qui j'ai confiance, enfin, elle et Ben.

Travaillent-ils ensemble, ou s'est-elle impliquée par accident ? Ils ne la gardent pas en cellule avec nous.

L'homme aux sourcils broussailleux fait un pas vers moi.

Son haleine sent le café froid, et il empeste la vieille fumée de cigarette.

— Tends les bras, ordonne-t-il.

Je tends les bras pendant qu'il me fouille un peu trop intimement. D'une main, ses doigts caressent mes seins, avant de glisser sa main dans mon jean.

— S'il vous plaît, arrêtez.

Ma voix se bloque dans ma gorge.

La bile monte à mes lèvres. J'avale le liquide brûlant et ferme les yeux.

Il lève sa main avec l'arme, plaçant le canon contre mon front.

— C'est moi qui donne les ordres. N'oublie jamais ça.

Ses doigts effleurent ma culotte.

Mon ventre se noue et mon corps tremble.

Il retire sa main de mon pantalon.

— Tourne-toi.

C'est fini ?

Sa main fait la même danse sur mes fesses, dans mon jean, avant de se retirer et de baisser son arme.

Un instant plus tard, il se dirige vers la porte, sort et referme les barreaux de fer. Le métal grince lorsqu'il verrouille la serrure.

Une fois qu'il est parti, hors de vue, je m'effondre sur le sol froid en ciment.

Je n'ai pas froid.

Mon corps est engourdi de l'intérieur, et les tremblements envahissent chaque recoin de mon existence. Je m'assoie avec mes jambes ramenées contre ma poitrine, tremblant de façon incontrôlable.

Hazel se penche et pose une main sur mon dos.

— On va trouver une solution, dit-elle, d'une voix douce et réconfortante.

Je hoche solennellement la tête et jette un coup d'œil vers le couloir. Il n'y a pas de gardes à l'affût. Peut-être parce que nous sommes derrière les barreaux, ils ne nous considèrent plus comme une menace.

En jetant un rapide coup d'œil dans la pièce, je ne reconnais aucun équipement de surveillance. Il n'y a aucun signe de caméras ou d'appareils d'enregistrement, même si je ne suis pas sûre s'ils nous écoutent.

Je dois être prudente.

Lentement, je sors mon téléphone de ma botte.

Je lève un doigt sur mes lèvres, avertissant les autres filles de la cellule voisine de ne rien dire, car elles nous observent avec une intensité féroce.

Vont-elles nous trahir ?

Nous sommes toutes dans le même bateau, non ? A moins que l'une d'entre elles est comme Skylar, engagée par la mafia pour kidnapper des femmes.

Est-ce que c'est ce qui est arrivé à Skylar, ou est-ce que j'ai tout faux ? Cela importe-t-il ? Elle nous a fait tomber dans les griffes de la mafia. Et dans quel but ?

Je sors mon téléphone de ma botte et regarde le réseau.

Aucun service.

C'est étrange.

A peu près partout où je suis allée dans Breckenridge il y a du réseau. Bien que le signal ne soit peut-être pas fort dans les montagnes, il y a beaucoup d'antennes relais.

Ils bloquent sûrement le réseau. Mais si je peux juste sortir avec mon téléphone, alors je pourrai joindre Jaxson et il pourra me localiser.

C'est une attente irréaliste.

Pourquoi me laisseraient-ils sortir ?

Et si je peux sortir, je courrais de toute façon loin et vite. Je ne vais pas rester dans le coin pour passer un appel.

Avec un peu de chance, Jaxson a réussi à localiser le signal avant qu'on nous jette dans le bâtiment.

— Rien, dis-je en remettant mon téléphone dans ma botte.

Puisqu'ils m'ont déjà fouillé, j'espère qu'ils ne chercheront pas à nouveau l'appareil.

———

Des coups de feu retentissent au loin.

Est-ce Jaxson et son équipe qui viennent nous sauver ?

Les lumières clignotent dans le sous-sol, et nous sommes tous les trois assises par terre, serrées les unes contre les autres.

— On déplace les filles, maintenant !

La voix de Ben retentit alors qu'il se précipite dans les escaliers du sous-sol.

Derrière lui, une demi-douzaine d'hommes armés nous ordonne de sortir des cellules et de les suivre à l'extérieur.

Hazel et moi nous levons rapidement et aidons Harper à se mettre sur ses pieds.

— Elle reste, dit l'homme aux sourcils broussailleux en désignant Harper.

— Tu es sûr ? demande Ben à l'autre homme. On pourrait obtenir le double pour elle.

— Ces hommes ne veulent pas de bébés. Ils veulent du sexe. Je vais passer des appels, voir si on peut trouver un acheteur en dehors de nos réseaux habituels.

— Non, dis-je et je me mets devant Harper.

Est-ce que je suis en train de l'aider ou d'empirer les choses en la laissant derrière moi avec ces monstres ?

Je veux protéger Harper, mais je sens le canon de l'arme de Ben contre ma tête. J'entends le clic de la sécurité enlevée.

— Ne me tente pas, chérie, dit-il, son souffle contre mon oreille alors qu'il se penche vers moi et me saisit le bras.

CHAPITRE DIX-NEUF

Jayden

Je me suis juré de ne jamais travailler avec les gars de Tactique de l'Aigle.

Pourquoi ?

Parce que je leur dois déjà la vie.

Nous avons servi ensemble dans l'armée. Jaxson m'a sorti de derrière les lignes ennemies quand j'étais blessé, me vidant de mon sang.

J'aurais dû mourir.

Il aurait dû me laisser mourir.

Le remercier m'a semblé inadéquat après qu'il eut risqué sa vie, les balles pleuvant sur lui. Il a été imprudent mais altruiste.

Je ne l'avais pas mérité.

Il s'était jeté en première ligne. Il aurait pu mourir, et je lui dois beaucoup.

Qu'ai-je fait quand nous sommes rentrés à la maison ?

J'ai gardé mes distances.

Je dois peut-être ma vie à Jaxson, mais je ne vais pas risquer la sienne, pas quand la vie de ma nièce est en jeu. Il a déjà fait pour moi plus que je ne mérite. Je ne peux pas l'impliquer. C'est mon fardeau à porter.

Il a un enfant, une fille à la maison. Ce n'est pas un secret qu'il est père célibataire.

Je ne veux pas risquer que sa fille grandisse sans père, seule au monde.

Et donc, à chaque fois qu'il m'a proposé de travailler avec Tactique de l'Aigle, j'ai refusé. Ce n'est pas par fierté. Bien qu'il pense probablement que c'est ça ma raison. C'est ce que je lui fais croire pour pouvoir le protéger.

Parce qu'au fond, il est toujours mon frère.

Dans une famille on se protège les uns les autres.

Et maintenant, j'ai déchiré sa famille.

Je parcours les derniers mètres jusqu'au portail et appuie sur la sonnette de la grille en fer forgé qui protège la propriété de Don DeLuca.

C'est le dernier endroit où je veux être, mais Don Ricci s'est assuré que je comprenne ce qui va m'arriver.

La trahison a un goût amer.

Je me mords la langue, repoussant toute émotion conflictuelle. Je fais ça pour sauver Skylar.

Et je dois ma vie à Jaxson.

— On est quittes, dis-je doucement dans le micro que je porte en secret.

Après ça, je ne dois plus rien à Jaxson ni à aucun de mes frères.

— On verra ça. Baisse la tête, sois silencieux. Arrête d'attirer l'attention sur toi, dit Jaxson.

Il a raison.

Je dois faire attention. Me parler à moi-même, ou plutôt à Jaxson, va me faire tuer.

Je n'ai pas envie de mourir. Certainement pas aujourd'hui.

Je m'approche de la porte et appuie de nouveau sur la sonnette. D'en haut, je peux apercevoir un garde, arme en position sur la tour, prêt à tirer.

Avec un peu de chance, Don DeLuca n'est pas du genre à tirer d'abord et à poser les questions ensuite.

— Oui ? Une voix masculine lourde répond à l'appel. Je peux vous aider ?

— Mon nom est Jayden Scott. J'aimerais parler à votre patron, Angelo DeLuca, dis-je.

— Don DeLuca ne reçoit pas de visiteurs, répond la voix de l'autre côté de l'interphone.

— J'ai des informations pour lui concernant Enzo Ricci.

Je ne développe pas plus.

Le verrou du portail cliquette, et la barrière de fer s'ouvre, me permettant d'entrer.

Je fais un pas en avant et marche le long de l'allée jusqu'à l'enceinte de DeLuca.

Il me faut beaucoup d'efforts pour ne pas jeter un coup d'œil à ma gauche et à ma droite, où, au loin, Jaxson et son équipe se faufilent dans la propriété.

Bang !

Je me baisse, entendant une balle siffler près de ma tête.

C'est quoi ce bordel ? Qui me tire dessus ? Tactique de l'Aigle ou les hommes de DeLuca ?

Le bruit des tirs retentit tout autour de moi.

— On me tire dessus, la voix de Mason remplit mon oreillette.

— J'y vais, répond Jaxson en changeant de position.

Je le regarde traverser la cour en passant par les haies qui se trouvent contre le portail en fer forgé.

Il fait feu à plusieurs reprises, éliminant le gars qui a tiré sur Mason.

Des coups de feu éclatent tout autour. Je suis une cible géante sans aucun abri dans ma position actuelle.

Je me précipite vers l'entrée principale en sortant mon arme de son étui à ma hanche.

— Je vais à l'intérieur, j'annonce à l'équipe.

— Non, je passe par l'entrée ouest, dit Lincoln en escaladant le bâtiment et en grimpant sur le balcon. Ils vont s'attendre à ce qu'on entre par la porte principale.

On a répété le plan, avec Lincoln se faufilant dans le lierre sur le côté de la propriété. Je suis censé passer par la porte d'entrée, invité.

Il semble que le plan a changé.

— Jayden, ta couverture est foutue. Reste dehors avec Mason. J'y vais avec Lincoln pour trouver et récupérer les filles, dit Jaxson.

Je garde ma position, tirant sur les hommes de DeLuca alors qu'ils se dirigent vers la porte d'entrée. Je ne les laisserai pas mettre un pied dehors.

Des coups de feu éclatent à chaque position tout autour de nous.

De l'intérieur, des coups de feu sont tirés.

Que se passe-t-il là-dedans ?

CHAPITRE VINGT

ARIELLA

Ben me tire vers l'avant et hors de la cellule, en ligne derrière les autres filles qui sont dans la cellule à côté de la nôtre.

Nous ne leur avons pas dit grand-chose.

Le bruit des coups de feu se fait plus fort et plus proche.

Est-ce Jaxson ?

Les gars de Tactique de l'Aigle sont-ils venus pour nous sauver ?

Je veux rester, me battre, voir si nous pouvons gagner du temps et aider notre sauvetage, mais avec l'arme contre ma peau et Ben qui a la gâchette facile, je n'ai plus le choix.

On nous fait monter l'escalier de derrière, par où nous sommes entrés. Une fois dehors, je jette un coup d'œil à Hazel en espérant qu'elle a la même idée que moi.

C'est le moment de se battre.

Je donne un coup de coude à Ben, le frappant à l'estomac puis au visage, sentant son nez craquer sous mon poing.

Les autres filles halètent et restent figées.

Elles ne se battent pas.

Elles ne courent pas.

Elles restent là, à trembler de peur.

Je ne peux pas compter sur elles pour m'aider.

Où est Jaxson ?

Les coups de feu éclatent de l'autre côté de l'enceinte. Plusieurs autres coups de feu sont tirés à l'intérieur.

Est-ce que Harper va bien ? Et Izzie ?

Ben m'attrape par les cheveux et me traîne sur le reste de la distance jusqu'à la camionnette. Il me jette à l'intérieur, et les autres filles suivent en silence.

— Bougez !

Hazel monte en dernier. Sa lèvre inférieure tremble alors qu'elle vient s'asseoir à côté de moi, se blottissant contre moi.

Ben claque la portière du van et le moteur gronde. Le véhicule part en trombe alors que nous quittons les lieux.

Où nous emmènent-ils ?

CHAPITRE VINGT-ET-UN

JAXSON

J'escalade le treillis de lierre sur le côté du bâtiment.

Nous devons agir vite.

Lincoln est déjà en haut, surveillant l'endroit, s'assurant que tout est clair.

Des coups de feu retentissent quand je passe par la fenêtre et me jette à l'intérieur. Je ne peux pas tirer. Je peux à peine me couvrir en me jetant à travers le petit espace.

Lincoln me couvre.

Deux des hommes de DeLuca gisent dans une mare de leur propre sang, morts.

— Il faut qu'on bouge, dit Lincoln.

Je me lève d'un bond, l'arme en position et prêt à tirer. L'équipement tactique nous alourdit et a rendu un peu plus inconfortable le fait d'escalader le lierre et de passer par la fenêtre.

— On y va, je réponds.

Je suis Lincoln, qui a déjà inspecté la pièce et s'est assuré que l'endroit où nous sommes entrés est sûr.

Ensemble, nous sortons de la petite chambre et nous dirigeons vers le couloir.

— A l'étage ! crie une voix bourrue.

Plusieurs paires de bottes montent les marches en toute hâte.

— Des renforts, je murmure à Lincoln.

Nous nous postons le long de la rampe, en faisant attention à ne pas être vus. Alors que les hommes de DeLuca montent les escaliers en tirant à l'aveugle, nous leur tirons dans la tête un à un pour les abattre.

Nous ne sommes pas venus pour faire des prisonniers. Nous sommes ici pour une mission de sauvetage.

Quiconque se tient sur notre chemin est l'ennemi.

Le bâtiment a au moins deux étages. Je soupçonne qu'il y a aussi un sous-sol. Les filles peuvent être gardées n'importe où.

Pièce par pièce, nous fouillons les lieux, juste nous deux. La majorité des chambres à l'étage sont vides.

D'autres coups de feu retentissent à l'extérieur.

— On doit bouger, dis-je.

Nous devons nous dépêcher. D'autres hommes ne tarderont pas à monter les escaliers à notre recherche. Nous avons abattu la demi-douzaine de soldats qui sont venus pour se venger.

Lincoln ouvre porte après porte, et je l'accompagne, arme à la main, prêt à tuer tous ceux qui nous empêchent de retrouver nos familles.

Ouvrant la porte, je vois Izzie assise à une table pour enfants avec Skylar et une adolescente en train de jouer à la dinette.

— Papa ! crie Izzie.

Elle bondit de sa chaise. Le minuscule siège en bois tombe sur le sol alors qu'elle se précipite à travers la pièce.

— Ne bouge pas, la voix de DeLuca retentit derrière elle.

J'entends le clic d'une sécurité enlevée et je sens le canon de l'arme à l'arrière de ma tête.

CHAPITRE VINGT-DEUX

ARIELLA

— Tu vas bien ? je chuchote à Hazel.

Nous sommes assises serrées l'une contre l'autre à l'arrière d'une camionnette. L'obscurité nous entoure.

Nous ne sommes pas les seules. Près d'une douzaine de femmes ont été entassées à l'arrière de la camionnette blanche, le même véhicule que celui dans lequel nous avons été amenées, juste un peu plus tôt.

— Non, murmure Hazel. Rien ne va dans tout ça.

Je le sais.

— On va s'en sortir vivantes, dis-je.

— Comment ? demande Hazel. Comme esclaves sexuels ? Je préférerais prendre une balle dans la tête.

— Ne parle pas comme ça, dis-je. On fait ce qu'il faut pour survivre. On peut se battre contre ces hommes. Pour autant que je sache, il n'y en a qu'un qui nous conduit. Quand on arrive là où ils nous emmènent, on se bat.

— Ça ne marchera pas, dit une autre fille. (Je ne reconnais pas sa voix. Elle est rauque et épaisse. Elle a l'air déshydratée.) Tu te bats, tu te fais attacher, battre, violer, la liste est longue. Les hommes, ils ont chacun leur tour, et on est toutes obligées de regarder.

— Depuis combien de temps es-tu avec ces hommes ? je demande.

Je ne suis pas sûre de vouloir le savoir, mais il est clair qu'elle est là depuis un moment pour assister à ce qui se passe lorsque les prisonnières se défendent.

— Pas longtemps, quelques semaines. Certaines des filles ont été échangées entre les familles. Achetées, utilisées et vendues comme des déchets. C'est comme ça qu'ils nous traitent, et on a de la chance si leur intérêt est sexuel et non masochiste, dit-elle.

Un frisson me parcourt.

— Être forcée d'épouser Franco Ivanov, ça ressemble tout à coup à un pique-nique, murmure Hazel.

Je passe un bras autour de son épaule, essayant de la rassurer du mieux que je peux en lui disant que nous nous en sortirons vivantes.

Mais je ne suis pas sûre de savoir comment.

———

Avec une arme pointée sur la tempe, il n'y a aucun moyen de se défendre.

Deux hommes montent la garde autour de la camionnette. L'un d'eux pointe une arme sur nos têtes pendant que nous sortons du véhicule, l'autre attache un collier à chacun de nos cous.

Un troisième garde attend à quelques mètres de là, une télécommande noire dans la paume de sa main.

— Personne ne va résister ? demande-t-il en gloussant et en inclinant la tête. Quel dommage.

Il appuie sur le bouton, forçant une décharge électrique à traverser tous nos corps en même temps.

Je tombe au sol. Mes yeux se ferment.

J'ai mal partout, comme si la foudre brûle dans mes veines. Je halète pour respirer. Mon cœur martèle dans ma poitrine.

L'électricité ne dure que quelques secondes, mais ça semble durer une éternité.

— Il n'y aura pas d'insubordination, dit l'homme, ou vous en subirez toutes les conséquences.

Nous sommes connectées. Nous toutes, forcées d'endurer la torture ensemble.

Les colliers sont leur méthode de contrôle. Il n'y a aucun moyen de s'échapper.

CHAPITRE VINGT-TROIS

JAXSON

— Ne tirez pas, Angelo, dis-je en levant les mains.

— C'est Don DeLuca pour vous, répond Angelo.

— J'arrive, dit Mason dans l'oreillette.

Bien, il a reçu le message que nous sommes en difficulté et avons besoin de renforts.

J'espère qu'il arrivera à temps.

Lincoln refuse de baisser son arme et la pointe sur Angelo à travers la pièce. Il réduit la distance en avançant d'un pas.

— Ne lui fais pas de mal !

Skylar bondit de son siège à la table, où elle prend le thé avec Izzie et l'adolescente.

— Qu'est-ce que tu fais ?

Les yeux de Don DeLuca se plissent alors qu'il étudie la jeune femme.

— Izzie, viens ici, dit Skylar en tendant les bras, essayant de protéger ma fille de DeLuca.

Les yeux de ma fille se remplissent de larmes alors qu'elle regarde Skylar avant de revenir vers moi. Sa lèvre inférieure tremble.

— Va avec Skylar, dis-je, en essayant désespérément de protéger ma petite fille.

Il est clair qu'Izzie n'est pas sûre de ce qu'elle doit faire.

Je dois la protéger, et c'est difficile avec le canon d'une arme contre l'arrière de ma tête.

— C'est fini, la voix de Mason retentit derrière DeLuca alors qu'il se tient dans le couloir. Tu vas les laisser partir, ou je mets fin à ta vie sans importance.

— Tire-moi dessus, dit DeLuca. Vous pensez honnêtement que c'est fini ? Vos filles, elles ne sont plus là.

Skylar attrape Izzie et la tire hors du danger, derrière ses jambes, la protégeant.

Mason saisit une paire de menottes en métal dans la boucle de sa ceinture et place les mains de DeLuca derrière son dos, immobilisant ses poignets.

— Qu'est-ce que vous voulez dire, elles ne sont plus là ? fulmine Lincoln.

Izzie se précipite devant Skylar pour me rejoindre, les bras levés.

Je la prends dans mes bras, la câlinant seulement un instant. Je veux savourer ce moment, la rassurer en lui disant que tout va bien et qu'elle est en sécurité, mais nous ne sommes pas encore à la maison.

Il y a peut-être d'innombrables autres hommes prêts à tirer.

J'espère juste qu'Izzie n'est plus en danger.

Où sont les autres ?

Où sont Ariella, Hazel, et Harper ?

———

Avec DeLuca arrêté, nous fouillons la propriété, en tirant sur tous ceux qui ont une arme.

La plupart de ses hommes se sont enfuis. Le peu qui est resté, nous les avons abattus. Ils ne nous ont pas donné d'autre option.

Avec nos armes levées, nous descendons les escaliers vers le sous-sol.

DeLuca nous accompagne, les bras liés derrière le dos par des menottes en métal. Skylar, Izzie et l'adolescente restent avec Mason, montant la garde, les protégeant au cas où Angelo tente quelque chose de stupide.

— Il n'y a personne ici. Je vous le dis, les filles ne sont plus là, dit DeLuca.

Il ne semble pas le moins du monde désolé ou rongé par les remords.

— Et si on allait voir par nous-mêmes ?

J'ouvre la voie, arme à la main, en m'assurant qu'il n'y ait plus d'hommes brandissant des armes.

— Au secours ! La voix d'Harper se fait entendre depuis le sous-sol.

— Harper ? Lincoln me dépasse rapidement pour se rendre à la cellule, tandis que je m'assure qu'il n'y a pas d'autres gardes cachés.

Le couloir serpente et tourne.

Les tubes fluorescents au plafond clignotent et grésillent.

Je jette un coup d'œil aux cellules vides et arrive au bout avant de faire demi-tour pour retourner les rejoindre.

Lincoln attrape un trousseau de clés accroché au mur opposé et déverrouille la porte métallique. Il aide Harper à se lever, l'examinant d'un regard rapide.

— Laisse-moi t'aider à te relever.

Il lui tend la main.

— Je vous ai dit qu'elles étaient parties, dit DeLuca. Elles ne reviendront pas ici. Du moins, pas les filles.

Il affiche un sourire narquois.

Mon estomac se retourne, et je me précipite en avant, le tirant par les cheveux, mon arme posée sur son menton, pointée vers le haut.

— Où les avez-vous envoyées ?

Ariella et Hazel sont toujours dehors et, maintenant, elles peuvent être n'importe où.

Je tapote mon oreillette, me connectant à Declan et Aiden qui sont au bureau.

— J'ai besoin d'yeux dans le ciel. On a Harper, Skylar et Izzie, mais Hazel et Ariella ont été emmenées hors de la propriété.

J'enlève la sécurité de mon arme.

— Vous allez me dire où vous avez emmené les filles.

— On est venu ici dans une camionnette blanche, dit Skylar.

— On cherche une camionnette blanche, je répète à Aiden et Declan.

Aiden est un génie de l'informatique, de la surveillance par satellite et du piratage de tout et n'importe quoi, y compris des serveurs gouvernementaux top secrets. J'ai confiance en sa capacité à nous montrer la camionnette.

— Une idée de la direction prise ? demande Declan.

— Lincoln, emmène les filles dehors. Appelle une ambulance si Harper a besoin d'être examinée, dis-je.

Je ne veux pas qu'Izzie ou les autres soient témoins de ce que je suis prêt à faire pour retrouver Ariella.

— Jaxson. (La voix de Lincoln avait un soupçon d'avertissement.) On a DeLuca. Pourquoi ne pas le livrer aux autorités ? On pourrait avoir besoin de leur aide pour retrouver les autres filles.

Bien sûr, Lincoln veut contacter le poste du shérif local, maintenant que nous avons Harper et qu'elle est en sécurité.

Je ne veux pas risquer qu'ils interfèrent et ruinent notre opération. Nous sommes entraînés pour ce type de situation et avons bien plus d'expérience que le commissariat local de Breckenridge.

— Pas une option, dis-je d'un ton bourru. On fait ça par nous-mêmes.

— Et pour DeLuca ? demande Lincoln, en le regardant.

— Je vais le faire parler.

Même s'il y a des limites que je ne suis pas prêt à franchir, quand il s'agit de ma famille et de mes amis, je ferais tout ce qu'il faut pour les sauver.

CHAPITRE VINGT-QUATRE

Jayden

Je monte la garde devant l'enceinte.

Même si je veux être à l'intérieur et aider à sauver Skylar et les autres, je comprends aussi que quelqu'un doit monter la garde et faire le guet.

Si les hommes de DeLuca ont l'intention de fuir, je ne compte pas les laisser faire.

Les tirs à l'intérieur cessent après un moment.

Je serais inquiet si je n'étais connecté par une oreillette et si je n'avais pas entendu la conversation entre les hommes de Tactique de l'Aigle.

Lincoln sort le premier, par la porte d'entrée.

Je baisse mon arme, faisant attention à ne pas lui tirer dessus.

Skylar suit, tenant la main d'Izzie.

Soupirant de soulagement, je me réjouis de voir qu'elles vont bien toutes les deux.

— Je suis heureux que vous alliez bien, dis-je.

Skylar lâche la main d'Izzie et envoie son poing en arrière, me donnant un coup au visage.

— Bâtard ! me crie Skylar.

Ok, peut-être que je le mérite. Même si je ne connaissais pas les intentions d'Enzo, je n'aurais jamais dû l'impliquer dans mon problème. J'ai été égoïste et irresponsable en impliquant une civile.

— Tu as raison. Je suis un connard, dis-je.

Elle hausse un sourcil.

S'attend-elle à ce que je me défende ?

Je frotte ma joue. Ça pique à mort, mais je survivrai. Ce n'est rien qu'une poche de glace et quelques aspirines ne peuvent soigner.

Mes yeux me jouent-ils des tours ? Derrière Skylar, une jeune brune hésite. Ses yeux bleu pâle me fixent.

— Lexa ! je crie à ma nièce en me précipitant en avant, derrière Izzie et Skylar.

Lexa jette ses bras autour de mon cou.

— Oncle Jayden, murmure-t-elle avant que les sanglots éclatent.

Je la prends dans mes bras, ne la laissant pas tomber au sol.

— Tu vas bien ?

C'est une question terrible, la plus stupide que j'aurais pu poser, et pourtant je suis là, à la poser quand même.

— On devrait mettre les filles dans le camion, dit Lincoln. On ne devrait pas rester ici au cas où DeLuca appellerait des renforts.

— Affirmatif.

Lincoln est bon pour prendre les choses en main et commander une équipe. Je suis ses ordres.

Skylar tient la main d'Izzie et suit Lincoln pendant que j'entoure Lexa d'un bras, l'escortant à travers la pelouse, au-delà du portail ouvert et de l'autre côté, juste derrière la route où le camion est garé.

— Et papa ? demande Izzie.

— Ouais ? Où sont Jaxson et Mason ? je demande.

J'ai entendu brièvement par la transmission qu'ils sont restés pour interroger DeLuca. Je ne sais pas de quoi ils sont capables en dehors d'une zone de guerre.

Mais, encore une fois, quand la famille d'un individu est en danger, la guerre est déclarée.

Je suis déjà passé par là quand je cherchais Lexa.

— En train d'obtenir des informations, dit Lincoln.

Il ne donne pas plus de détails.

Nous nous dirigeons vers le véhicule et ouvrons la portière arrière, laissant les filles entrer en premier. Izzie grimpe sur le siège arrière avec Skylar d'un côté et Lexa de l'autre.

— Je veux mon papa, dit Izzie.

Elle a du mal à rester assise sur la banquette arrière.

La petite a probablement besoin d'un siège auto, qui se trouve dans le camion de Jaxson.

— Et si on jouait à un jeu ? dit Skylar. Je vois quelque chose de jaune.

— Le soleil ! déclare Izzie.

Skylar rit.

— Oui, à toi.

Lexa attrape mon bras alors que je me tiens juste à l'extérieur du camion, à la porte, pour monter la garde.

— Qu'est-ce qui va m'arriver ? Je veux dire maintenant que mes parents sont morts, demande Lexa, sa lèvre inférieure tremblant.

— Tu vas venir vivre avec moi, dis-je.

J'ai l'intention de la ramener chez moi. Même si je ne sais rien de comment élever une adolescente, je ne vais pas l'envoyer dans une famille d'accueil ou laisser quelqu'un d'autre poser ses mains gluantes sur elle.

Lexa tend les bras et les enroule autour de moi pour un câlin.

Elle sanglote contre mon torse.

Je ne suis pas habitué à voir des filles pleurer, encore moins des enfants. Enfin, elle a quinze ans, elle n'est pas exactement une enfant, mais quand même, elle a besoin d'un exemple à suivre. Et je suis la dernière personne sur terre que Lexa devrait avoir comme modèle.

— Ne t'inquiète pas, dis-je, tapotant son dos en la tenant. Je ne laisserai plus personne te faire du mal.

Skylar regarde dans ma direction. Son front se fronce. Elle ouvre la bouche mais la referme rapidement.

En souriant, Skylar reporte son attention sur Izzie et leur petit jeu.

— Je vois, papa ! crie Izzie.

Elle montre du doigt Jaxson alors que Mason et lui se dirigent vers le camion. Ses mains sont couvertes de sang, son pantalon est tout aussi sale.

Je n'ose pas demander ce qu'ils ont fait à DeLuca. Ce salaud mérite tout ce qui lui arrive.

Jaxson est le premier à s'approcher du camion. Il essuie ses mains sales sur son pantalon, comme si cela allait effacer les souvenirs et le sang versé.

— Il y a une vente aux enchères à minuit, déclare Jaxson. On doit y aller. J'ai les coordonnées GPS dans mon téléphone.

— Et DeLuca ? je demande. Doit-on s'inquiéter qu'il prévienne ses hommes ?

Mason expire lourdement.

— Il ne parlera pas.

CHAPITRE VINGT-CINQ

ARIELLA

Je m'attends à être jetée dans une cave ou un sous-sol, derrière des barreaux métalliques sur une surface miteuse qui me fait craindre pour ma vie.

Le collier électrique me pince la peau. Mais les hommes qui nous ont enlevées nous font entrer dans une maison, qui ressemble plus à une forteresse.

De l'extérieur, elle est lourdement gardée, plus que le dernier endroit où nous avons été emmenés. Alors que la dernière prison a été une cellule de détention, nous enfermant littéralement jusqu'à ce que nous atteignons notre prochaine destination, cette prison est complètement différente.

Les lumières sont tamisées lorsque nous entrons. Il faut quelques instants à mes yeux pour s'adapter.

Je suis les autres filles, restant proche les unes des autres alors que les hommes nous poussent vers l'avant, à travers le long couloir et jusqu'à l'escalier.

Une moquette rouge sombre ouvre un chemin vers le haut des escaliers. Mes bottes s'enfoncent dans la matière pelucheuse.

Jaxson a-t-il pu nous suivre ?

Je dois croire qu'il viendra pour nous, pour nous sauver. Ce n'est qu'une question de temps avant qu'on ne sorte de ce pétrin.

Un garde ouvre la porte de droite, et nous sommes toutes poussées à l'intérieur avant que la porte ne claque derrière nous.

Une femme d'environ soixante-dix ans sort de l'ombre, vêtue d'une robe de satin rose.

— Approchez-vous, dit-elle, en nous faisant signe d'approcher.

Alors que nous avançons lentement, elle sort un petit appareil, la même télécommande noire que le garde a utilisée plus tôt pour nous électrocuter.

Elle appuie sur le bouton, déclenchant une décharge de douleur dans mon cou.

Je me plie en deux sous le coup de la douleur.

Le feu me brûle la peau, tandis que je tressaille et tombe à genoux. Mes mains se portent instinctivement vers le collier, mais je ne peux pas l'enlever.

— Je suis Diamond, et souvenez-vous, mesdames, que je ne me répète jamais, dit la femme, une expression sévère sur le visage.

Est-ce vraiment son nom, Diamond ?

A-t-elle été l'une des nôtres une fois dans sa vie, ou est-elle à la tête de l'opération ?

Elle n'a pas une once d'empathie.

Nous nous approchons rapidement, de peur d'être à nouveau électrocutées par la folle avec la télécommande.

— Très bien, dit Diamond avec une lueur dans les yeux. Vous verrez que tout cela se passera très vite et sans douleur si vous suivez mes instructions du premier coup.

Elle marque une pause et se met à marcher lentement, la fenêtre derrière elle. Elle a des barreaux en fonte, nous enfermant à l'intérieur.

J'imagine que la porte est également fermée derrière nous. Je ne tente pas de m'échapper. Ça ne va pas être facile, pas avec des dizaines de gardes armés dans et autour des locaux.

— Ce soir, les filles, vous serez les plus fabuleuses et précieuses invitées de la soirée. Comme moi, un diamant, vous devez briller, étinceler et resplendir. J'attends de chacune d'entre vous que vous vous laviez rapidement. Après quoi, vous serez habillées, et nous vous maquillerons et coifferons. Y a-t-il des objections ? demande-t-elle, révélant le bouton noir dans sa paume.

Personne ne parle.

— Parfait. Ne soyez pas timides. Vous êtes les joyaux de la soirée et, en tant que tels, vous serez passées de main en main pour être examinées, touchées et minutieusement inspectées.

Mon estomac se contracte.

Nous ne sommes pas des bijoux.

Nous sommes des personnes.

Et même si je reconnais qu'au moins elle ne nous appelle pas des esclaves sexuels, c'est ce que nous sommes, vendues comme esclaves. Peu importe comment on résume la situation, cette femme est dérangée.

La femme me pointe du doigt.

— Tu seras la première, chérie. Quel est ton nom ?

Je la fixe, ne sachant que dire.

Elle soupire doucement.

— Eh bien, je n'ai pas toute la journée.

— Ariella, je murmure, craignant que Diamond ne m'électrocute avec ses doigts agités.

Elle plisse les yeux et me fixe. Sa main bondit pour saisir ma mâchoire alors qu'elle examine mon visage en long en large.

— Ce n'est pas bon. A partir de ce soir, tu es Jade. Maintenant, dépêche-toi et va te laver. Tu dois être présentable pour la vente aux enchères de ce soir.

Je ne bouge pas. Mes pieds sont figés sur place.

— Dépêche-toi, on n'a pas toute la journée, dit Diamond.

Elle claque des doigts. Dieu merci, elle n'a pas réappuyé sur cette satanée télécommande.

Je me hâte de traverser la pièce jusqu'à l'endroit où se tient un garde qui désigne la porte ouverte.

Elle mène à une salle de bain avec plusieurs cabines de douche individuelles. J'ai l'impression d'être de retour à l'université, il y a bien longtemps.

Hazel est juste derrière moi, à quelques mètres.

— Apparemment, je ressemble à une Violette. Je ne comprends pas pourquoi elle ne m'a pas laissé être Hazel, marmonne-t-elle.

Je lui fais un sourire en coin.

— Elle aime le violet.

Ce n'est pas le moment de baisser notre garde. Nous devons attendre le bon moment mais être prudentes.

Je dois me déshabiller, mais je n'ai pas envie de me laver en présence de ces monstres.

Un garde se tient à l'entrée de la salle de bain. Il y a des cloisons pour chaque cabine, mais pas de rideau et certainement pas d'intimité.

— Est-ce qu'on doit garder ça sur nous quand on se douche ? je demande, en montrant le collier. Je ne veux pas être électrocutée par l'eau

— La seule personne qui t'électrocutera est Madame Diamond elle-même ou l'un des hauts gradés, dit le garde en uniforme.

J'expire un grand coup mais ne bouge pas de ma position dans la cabine. Je dois encore me déshabiller.

— L'heure tourne. Tu as cinq minutes ici. Si tu n'es pas parfaitement propre à ce moment-là, tu peux parier que ce collier va s'illuminer comme un sapin de Noël.

Merveilleux.

Lentement, je me déshabille, laissant mon téléphone caché dans ma botte. Quel autre choix ai-je ?

Ce n'est pas seulement une menace. J'ai senti la piqûre de l'électricité et je ne veux surtout pas la sentir à nouveau. Je dois suivre leurs ordres pour survivre. J'ai juste besoin de donner à Jaxson et à l'équipe de Tactique de l'Aigle un peu plus de temps.

Ils viennent nous chercher, et même s'il y a un brouilleur de téléphone comme au précédent lieu, ils ont dû capter le signal quand nous étions dehors ou dans la camionnette.

Je m'accroche à ce petit espoir tout en faisant un pas en avant et en allumant le jet de la douche.

Bien que je ne peux pas voir Hazel à cause de la cloison teintée et givrée qui nous sépare, mais je peux l'entendre se déplacer pendant qu'elle se déshabille.

Le jet de la douche se réchauffe, et je passe en dessous. C'est comme une pluie torrentielle, qui tombe abondamment et me trempe de la tête aux pieds.

Je laisse l'eau m'envelopper alors que je ne fais qu'un avec la douche. Je veux laver la saleté, le traumatisme que j'ai déjà enduré, mais je sais que c'est stupide.

Comment puis-je me détendre alors que je suis encore plus loin d'être en sécurité ?

— Deux minutes, Jade, dit le garde.

Contre le mur, il y a un distributeur de savon et de shampoing.

Je me dépêche de nettoyer la puanteur qui m'entoure. La saleté qui me recouvre est une couche invisible créée par Ben et d'autres, comme les hommes qui montent la garde et Diamond avec la télécommande prête à faire souffrir toute personne qu'elle juge indigne.

La saleté me couvre, et aussi vite que l'averse m'a trempé, c'est fini.

La douche se coupe sans mon accord.

Le garde jette une serviette grise dans ma direction.

— Sèche-toi et dépose tes vêtements dans cette poubelle.

Il désigne une poubelle géante à la sortie de la salle de bain.

Merde, mon téléphone est caché dans mes chaussures.

Au moins, il restera invisible. Je ne peux pas le mettre sur moi sans être vue. Même avec une simple serviette, le garde n'a jamais détourné le regard.

L'intimité n'est apparemment pas dans son vocabulaire.

Je veux faire une remarque insolente comme quoi il veut prendre une photo ou qu'il n'a jamais vu une femme nue auparavant, mais je me tais. Je ne veux pas subir la colère de Diamond ou l'imposer au groupe de filles.

Elles en viendraient à me détester si je suis la seule à me défendre et que nous en subissons toutes les conséquences.

———

L'une des assistantes de Diamond, qui s'appelle Iris, m'habille d'un déshabillé en satin noir à fines bretelles qui est beaucoup trop décolleté et couvre à peine mes fesses.

Je me sens nue.

C'est probablement le but.

Ils ne m'ont pas laissé remettre ma culotte, alors je ne cesse de tirer sur l'ourlet de la robe alors que cela ne fait que montrer davantage mes seins.

Merveilleux. Je vais être exposée à une bande d'hommes pervers.

Mes mains tremblent et je les place sous mes bras, les repliant sur ma poitrine, essayant de garder au moins un semblant de pudeur.

Je ne suis pas le moins du monde à l'aise. Et même si cela aurait dû être la dernière de mes préoccupations, compte tenu des hommes armés et du collier que j'ai au cou, c'est quand même troublant.

Iris boucle mes cheveux, en relevant une partie et en laissant quelques longues mèches à l'arrière.

Elle me maquille aussi, en portant une attention particulière à mes yeux et mes lèvres.

Il n'y a pas de miroir. Je n'ai aucune idée de ce dont j'ai l'air, mais d'après les apparences des autres filles, elles y vont un peu fort avec l'eyeliner et le rouge à lèvres.

Je ne me maquille presque jamais, et quand je le fais, c'est juste un peu de gloss ou de baume coloré pour mes lèvres. Là, c'est exagéré.

La nuit est tombée depuis des heures.

Mon estomac gronde.

Les gardes ont ramené des pizzas pour qu'ils les mangent, mais on ne nous a rien donné d'autre que de l'eau.

Essayent-ils de nous affamer ? Nous forcer à obéir ?

Nous suivons déjà tous leurs ordres.

Les lumières se tamisent et clignotent.

Hazel et moi échangeons un bref regard.

— Les filles ! Diamond tape dans ses mains, attirant notre attention. Il est temps de vous dévoiler à nos invités. Vous ne devez utiliser que le nom que nous vous avons donné ce soir. Il y a des caméras partout à l'intérieur et à l'extérieur de la propriété. Si nous avons le moindre soupçon de trahison, vous serez punies avec vos sœurs, dit Diamond.

Elle nous fait nous mettre en ligne, Hazel et moi en dernier. Je ne suis pas pressée de rencontrer les hommes en bas. Ce sont probablement des hommes comme Ben, voulant mettre leurs mains sales sur nous.

Diamond laisse les autres filles sortir dans le couloir. Elle se met en travers de la file, m'empêchant de sortir avant Hazel.

— Vous deux n'êtes pas comme les autres filles, dit Diamond.

Elle se rapproche. Ses yeux nous parcourent, ce qui me glace le sang.

Mes mains tremblent, mais j'essaye de ne pas la laisser voir.

Hazel et moi restons silencieuses.

— Peu importe vos passés, vos parcours, ce que vous avez fait pour mériter cette vie, dit Diamond. Je vais vous donner un conseil, et utilisez-le à bon escient. Divertissez ces hommes ce soir, et vous pourriez bien finir comme moi, baignées dans la fortune.

Elle fouille dans sa poche et en sort un bracelet en or. Elle attrape mon bras et fait glisser le métal dessus, le fermant à mon poignée.

— Nous écouterons chaque mot que tu prononceras, Jade, dit Diamond.

J'avale la boule dans ma gorge.

Diamond prend un deuxième bracelet et le fixe au poignet d'Hazel.

— Maintenant, allez-y. Que les festivités commencent, déclare Diamond.

Elle s'écarte, nous laissant rattraper les filles qui descendent l'escalier pieds nus.

CHAPITRE VINGT-SIX

JAXSON

Rentrant à Tactique de l'Aigle, je gare le camion devant.

Mason sort le premier et pénètre à l'intérieur pour parler à Declan et Aiden. Il veut savoir ce qui se passe avec Hazel et s'ils ont de nouvelles informations depuis la dernière fois que nous les avons contactés, quelques minutes plus tôt.

Lincoln se gare à côté de moi et coupe le moteur.

— Je vais passer à la clinique du coin pour qu'ils examinent Harper.

— Je vais bien ! dit Harper en lui faisant un signe de la main.

Il la regarde.

— Tu vas peut-être bien, mais j'ai besoin de savoir que notre bébé va bien aussi.

Lexa et Jayden descendent de la banquette arrière. Ils sont venus en voiture avec Lincoln.

— Ça te dérange si on t'accompagne ? Lexa devra sûrement se faire examiner par un médecin.

— Je vais bien, oncle Jayden, dit Lexa en levant les yeux au ciel. Je veux juste rentrer à la maison, prendre un bon bain moussant et me détendre.

Jayden ne dit rien, attendant probablement que l'un de nous intervienne.

Je détache Izzie de la banquette arrière de mon camion et ouvre la porte principale. Je fais une pause, soupirant lourdement.

Je ne sais pas trop quand le faire, quand annoncer à Skylar que son invitation à séjourner chez moi est annulée. Maintenant semble être un bon moment comme un autre.

— Skylar, tu dois trouver un autre endroit pour dormir. Tu ne rentres pas avec nous, sauf pour récupérer tes affaires.

Les yeux de Skylar s'écarquillent.

— On est une famille, Jaxson. Tu ne peux pas me mettre dehors.

— Bien sûr que si ! Ma voix devient plus forte à mesure que je parle. Tu viens de faire kidnapper ma fille et ma petite amie. Si ça ne tenait qu'à moi, je ne te reverrais plus jamais.

Je refuse de baisser le regard.

Elle a besoin de comprendre que ce qu'elle a fait est douloureux. C'est plus qu'une trahison. Elle a brisé mon cœur et m'a fait saigner.

— J'ai du travail. On doit encore retrouver Hazel et Ariella. Je veux que tu prennes tes affaires et que tu sois partie quand je rentrerai ce soir.

Skylar plonge ses mains dans ses poches de jean.

— Si c'est ce que tu veux.

— Je ne te fais pas confiance, et tant que tu le fréquenteras, dis-je en désignant Jayden, tu n'es pas la bienvenue chez moi.

Elle ouvre la bouche pour dire quelque chose, mais la ferme tout aussi rapidement.

Bien. Je ne veux pas entendre ses excuses bidons pour justifier ce qu'elle a fait.

Je me précipite à l'intérieur du bâtiment, laissant Skylar dehors sans chauffeur. Jayden ou Lincoln peuvent l'aider s'ils le veulent.

Il est peu probable que Lincoln propose son aide à Skylar.

Alors qu'ils ont été très proches quelques mois auparavant, avant qu'il ne tombe amoureux de Harper, elle l'a trahi tout comme elle m'a trahi.

———

Izzie s'assoit à la table où Ariella travaille. Nous avons déplacé l'ordinateur et donné à Izzie un crayon et une poignée de stylos de couleur pour gribouiller sur du papier d'imprimante vierge.

Nous ne sommes pas préparés à la présence d'un enfant dans le bureau. Je n'ai pas de crayons de couleur ni de livre de coloriage, et alors que je garde habituellement ces choses dans un sac supplémentaire dans le camion, je ne les ai pas sous la main aujourd'hui.

Je n'avais pas prévu de partir en excursion.

— Dis-moi que tu as quelque chose, dis-je à Aiden.

Il tapote attentivement sur son clavier.

Mason se tient de l'autre côté, les bras croisés sur sa poitrine, le visage grave, la mâchoire serrée.

— J'ai une position récente du téléphone d'Ariella, qui correspond à l'emplacement que DeLuca nous a donné, dit Aiden.

Il griffonne l'information sur un morceau de papier et me le tend.

— Merci, dis-je d'un ton bourru.

— Tu ne peux pas aller à la vente aux enchères habillé comme ça, dit Declan en entrant dans le bureau, une tasse de café à la main.

Il boit une gorgée de sa tasse et se tient dans l'encadrement de la porte.

— Qu'est-ce qui ne va pas avec la façon dont je suis habillé ? je demande en baissant les yeux sur ma tenue.

Mon jean bleu foncé a une trace de sang, et ma chemise n'est pas mieux.

Il n'a pas tort.

— Tu as quelque chose que je peux emprunter ? (Je doute qu'ils aient des vêtements de rechange au bureau.) Ou dois-je prendre les vêtements que tu portes ? je demande.

— Tu ne peux pas aller à la vente aux enchères, dit Jayden.

Je regarde derrière moi alors qu'il se dépêche de nous rattraper. Skylar se tient près de la porte, attendant à l'intérieur, et Lexa lui tient compagnie.

— Et pourquoi ça ? je demande.

Si quelqu'un doit sauver Ariella, ce sera moi.

Mason pourra venir aussi. Il voudra sauver Hazel, et je ne vais pas l'en empêcher. Tout comme je sais qu'il ne m'arrêtera pas.

On est dans la même galère.

— On ne sait pas qui organise la vente aux enchères, dit Jayden. Ça peut être n'importe qui, et tu es connu à Breckenridge.

— Tout le monde sait qu'on travaille pour Tactique de l'Aigle, marmonne Mason. Alors, quoi, on laisse les filles se faire acheter par des salauds pour ensuite devoir organiser deux missions de sauvetage ? Il secoue la tête et se dirige vers Jayden.

— Hey ! J'essaie juste d'aider ! (Jayden lève les bras en l'air en signe de capitulation.) Si vous voulez y aller et vous faire rembarrer à la porte, alors faites-vous plaisir. Mais si vous voulez quelqu'un qui puisse entrer et faire sortir les filles, alors vous avez besoin de moi.

Je n'aime pas le plan que Jayden a en tête. Il est la raison pour laquelle Ariella et Hazel sont toujours portées disparues.

Je regarde l'horloge sur le mur. Le temps n'est pas de notre côté.

Bien que l'on peut créer de fausses identités et même se déguiser, c'est trop risqué. Ces types d'événements sont uniquement sur invitation.

— Tu peux avoir une invitation ? Je regarde Jayden.

Jayden hoche la tête énergiquement. Il en fait trop.

— Je connais le gars qui gère la vente aux enchères, Capo Sergio. Il fait partie de la famille DeLuca, dit Jayden.

Essaye-t-il de se racheter pour ce qu'il a fait, ou nous cache-t-il quelque chose ?

Quel autre choix y a-t-il que de lui faire confiance ?

Mon téléphone vibre dans ma poche. Se pourrait-il que ce soit Ariella ? Je ne reconnais pas le numéro de téléphone.

— Allô ? je réponds à l'appelant.

— Bonjour, c'est Jaxson ?

— Oui.

Je sens le regard des gars sur moi alors que je sors de la pièce et que je fixe Izzie qui colorie tranquillement. Elle a réussi à mettre de l'encre partout sur ses mains et sur le bureau.

— C'est Delphine. Ariella devait venir me chercher à l'aéroport, mais elle ne répond pas au téléphone.

CHAPITRE VINGT-SEPT

Jayden

Elle m'a repéré avant même que je puisse poser les yeux sur elle.

Je n'ai pas encore vu Ariella, mais Hazel s'avance vers moi en me faisant un sourire excessivement séducteur.

J'essaye de la jouer cool et impassible.

Capo Sergio se tient à côté de moi.

— Tu vois quelque chose qui te plaît, mon gars ? me demande-t-il en me tapant dans le dos. Tu peux la ramener chez toi pour le bon prix.

Je me racle la gorge.

— Et quel est ce prix, exactement ? Je la regarde de haut en bas.

Je dois faire comme si je suis en train de décider si elle m'intéresse.

— C'est une vente aux enchères silencieuse et en liquide seulement. N'oublie pas ça, dit Sergio en agitant son doigt vers moi. Je te le dis, ces filles sont de plus en plus sexy, le plus longtemps on les garde enfermées.

Il me faut faire beaucoup d'efforts pour ne pas cogner Capo Sergio. C'est lui qui dirige cette opération, et si j'ai l'intention de la faire tomber, je ne peux pas le faire seul.

On a parlé de porter un micro, puis de transmettre les informations aux autorités. Mais je ne peux pas risquer de me faire prendre.

Je fais déjà du sur-place, survivant à peine, avec Enzo qui m'a jeté dans le froid et qui a livré ma fausse fiancée aux hommes de DeLuca.

Sergio me fait probablement confiance autant que je lui fais confiance.

— Tu peux la tester, dit Sergio en pointant de l'index les salles privées. Il y a, bien sûr, des frais, mais tu sais comment ça se passe. Tout est permis. Rien n'est hors limites.

— Bien. Je ne voudrais pas payer pour de la marchandise douteuse, dis-je.

Il me faut beaucoup de volonté pour ne pas vomir en entendant ces mots sortir de ma bouche.

J'attrape Hazel par les hanches et la tire contre moi.

— Combien pour une heure avec elle ?

— Vingt minutes, grand max. Les autres acheteurs potentiels devraient avoir l'occasion de la tester aussi, dit Sergio. Quatre cents pour vingt minutes.

— Putain, je marmonne en sortant quatre billets de cent dollars.

Ma main se cramponne au poignet d'Hazel, et je la traîne avec force vers la suite privée et claque la porte derrière nous.

Je ne suis pas un idiot. Il y avait des caméras partout. Y a-t-il des caméras dans la chambre privée ?

Je n'en vois aucune, mais ça ne veut rien dire.

— Je m'appelle Violette, dit Hazel.

Sa voix tremble alors qu'elle s'éloigne de moi d'un pas.

Mes yeux se crispent alors que je l'étudie.

Elle et les autres filles ont toutes un collier noir autour du cou, sécurisé par un verrou en métal qui se ferme en boucle. À son bras, elle porte un bracelet en or, qu'elle tapote à plusieurs reprises en me regardant.

Hazel tire sur sa lèvre inférieure, la ramenant entre ses dents, sans rien dire de plus.

— Violette, dis-je, en utilisant le nom qu'elle m'a indiqué.

Si elle veut que je sache qu'elle ne s'appelle pas Hazel alors que nous sommes seuls, alors elle pense probablement que les hommes nous écoutent.

— Comprends-tu que j'ai acheté ton temps pour les vingt prochaines minutes ?

Mon expression reste froide et sombre alors que je tire son bras avec le bracelet vers moi. Mes doigts tripotent le bracelet tandis que mon regard se bloque sur ses yeux.

— Oui, je comprends, dit Hazel. Elle se rapproche et grimpe sur mes genoux.

Peut-être pense-t-elle qu'ils nous regardent aussi ?

Dans le cas contraire, je ne pense pas qu'elle voudrait être près de moi.

— Supposons que je sois intéressé par l'achat de plus d'une fille. Y a-t-il quelqu'un d'autre qui pourrait retenir mon attention autant que toi ? je demande. J'aime les brunes aux cheveux longs, aux yeux expressifs, avec un peu de piquant.

Je dois faire attention à ce que personne ne puisse décoder ce que nous disons et y trouver un sens.

— Euh, oui, peut-être que Jade pourrait être à votre goût, dit Hazel.

— Bien.

Je souris, les lèvres serrées.

Ce serait mentir que de dire que je suis étonné qu'ils exigent que les filles utilisent des noms différents.

— Dis-moi, Violette, pourquoi je devrais choisir de t'acheter alors que je pourrais avoir n'importe quelle autre femme ici ? je demande seulement car je sais qu'ils écoutent.

Elle ouvre la bouche et la referme rapidement.

Je hausse un sourcil, attendant qu'elle réponde.

Hazel expire lourdement et se penche plus près. Ses doigts passent dans mes cheveux et ses lèvres atteignent mon oreille, chuchotant pour que je sois le seul à l'entendre.

— Parce que si tu ne le fais pas, Mason te traquera et te tuera.

Elle n'a pas tort.

———

J'ai plusieurs milliers de dollars en liquide, la plupart sur moi, mais quelques milliers ont été cachés dans le camion à l'extérieur.

J'ai peur que si tout l'argent est sur moi, je puisse m'en faire voler une partie.

La vérité, c'est que je n'ai aucune idée de combien ça coûtera, de ce que coûte une vente aux enchères silencieuse pour une personne. Ce n'est pas comme si je pouvais demander à quelqu'un.

Capo Sergio se tient au centre de la pièce. Les lumières se tamisent, alors qu'il tient un microphone dans sa main gauche.

— Le dernier moment de la soirée que vous attendiez tous patiemment, les gagnants de la vente aux enchères silencieuse, dit Sergio.

Un sourire en coin apparait sur ses lèvres. Il reçoit une pile de fiches d'une femme plus âgée que je ne reconnais pas, vêtue d'une robe dorée pailletée qui brille comme un lustre sous les lumières.

— Merci, lui dit Sergio.

Les filles sont alignées contre le mur, et il fait signe à la première fille de le rejoindre.

—Notre premier prix de la soirée, Ruby, va rentrer avec Rafael. Vous pouvez me payer ou apporter la somme à Diamond pour réclamer votre prix.

Il fait un geste vers la femme à la robe dorée.

Ruby se dirige vers le côté opposé de la pièce, à côté de Diamond.

La jeune rousse, Ruby, a l'air complètement terrorisée alors qu'elle attend que Rafael termine sa transaction.

Si j'avais pu sauver toutes les filles ce soir, je l'aurais fait, mais ce n'est pas pour ça que je suis venu à la vente aux enchères. Je suis ici pour Ariella et Hazel, ou plutôt Jade et Violette.

La vente aux enchères continue, fille après fille, transaction après transaction.

Mon estomac se retourne en regardant les filles partir, forcées d'aller avec un étranger - je ne reconnais pas la plupart des hommes. Cependant, quelques-uns sont de l'équipe de DeLuca et n'étaient pas au complexe d'après ce que j'ai vu plus tôt dans la journée.

S'ils l'avaient été, je serais déjà mort.

Heureusement, ma couverture n'a pas été compromise.

Savent-ils qu'Angelo DeLuca est mort ? Je doute que ce soit la fin de la famille DeLuca. Un autre chef va prendre sa place. Serait-ce Gino, son second ?

— Ensuite, ce soir, nous avons Violette. Violette, avance, s'il te plaît, dit Sergio alors qu'elle hésite à faire ce qu'on lui demande.

Elle s'avance sur la scène et retient son souffle.

Ce n'est pas la seule. Et si je n'ai pas fait une offre suffisante pour l'emmener avec moi ? Je n'ai aucune idée de combien ça coûte, et je dois partager la somme entre Ariella et Hazel.

Et si je ne peux pas me permettre l'une ou l'autre ?

— Violet, tu vas partir ce soir avec Jayden.

Je pousse un soupir de soulagement. Une de fait.

Elle traverse la pièce et se dirige vers Diamond, où je dois effectuer le paiement final pour qu'elle me suive chez moi.

— Et la dernière de la soirée, notre perle rare, Jade.

J'ai à peine vu Ariella de toute la soirée. Plusieurs hommes ont-ils acheté son temps ? Quelqu'un d'autre a-t-il un intérêt particulier pour elle ?

Capo Sergio baisse les yeux sur la carte qu'il tient et la fourra dans sa poche arrière.

— Jade va repartir avec moi.

CHAPITRE VINGT-HUIT

JAXSON

— Comment ça, tu n'as fait sortir qu'une seule fille ?
On t'a donné assez d'argent pour payer Ariella et
Hazel.

Ça ne peut pas arriver !

La pièce tourne, et je ferme les yeux.

Même si je suis soulage qu'Hazel soit saine et sauve
et qu'elle va retrouver Mason d'une minute à l'autre,
j'ai mal au cœur en pensant à ce qui va arriver à
Ariella.

Je n'aurais pas dû rentrer à la maison. Aiden et Declan ont réussi à me convaincre de ramener Izzie à la maison.

Je n'aurais jamais dû laisser Jayden s'occuper de l'opération.

— Capo Sergio, le bâtard qui dirige la vente aux enchères, il a gardé Jade, je veux dire Ariella, pour lui. Peu importe combien d'argent je lui offrais. Il avait l'intention de la garder.

— Merde ! Je tape du poing sur la table de la cuisine.

Izzie est endormie à l'étage, bordée dans son lit.

Je grimace. J'espère ne pas l'avoir réveillée.

Je tends l'oreille mais n'entends aucun bruit venant de l'étage.

Tant mieux. Je pousse un gros soupir.

— J'ai besoin de toutes les informations disponibles sur Capo Sergio. Est-ce qu'il vit à l'endroit où cette vente aux enchères a eu lieu ?

Nous avons besoin de savoir où il va emmener Ariella.

— Non, il a une maison sur un terrain, juste en dehors de la ville.

Jayden fait une pause, comme s'il tenait sa langue, me cachant quelque chose.

— Si tu sais où il habite, alors on y va ce soir.

Je ne vais pas attendre la journée pour la sauver.

— Non.

— Comment ça non ? je demande.

Tout ça est de sa faute.

Jayden n'est pas obligé de venir. S'il veut rester chez lui et jouer avec Skylar ou autre, il peut le faire. J'ai juste besoin de savoir où Sergio vit afin de pouvoir planifier une mission de sauvetage pour récupérer Ariella.

— Sergio est un malade, dit Jayden et attend une minute.

— Je n'ai pas toute la journée.

Je suis de plus en plus impatient avec Jayden.

— Il fait passer ce qui est arrivé aux marginaux pour un pique-nique.

La plupart des marginaux ont été assassinés de sang-froid par la mafia russe il y a des mois. Jayden et Emma sont les deux seuls survivants, pour autant que je sache.

Aux dernières nouvelles, Emma a été emmenée menottée et a plaidé coupable pour une demi-douzaine de charges.

Je suis surpris que Jayden ne soit pas derrière les barreaux avec elle. Après tout, il est l'un des tireurs lors de la prise d'otages au Blue Sky Resort. Emma est le cerveau de l'opération, mais Jayden n'est pas si innocent non plus.

Il a un passé sombre, mais je commence à le comprendre et à le démêler car tout ramène à sa famille, à la recherche de sa nièce Lexa.

— Qu'est-ce que tu suggères ? je demande.

J'apprécie l'opinion de Jayden, surtout en ce qui concerne Sergio et la famille DeLuca. Il en sait beaucoup plus sur la mafia que moi. J'ai fait tout ce que j'ai pu pour les éviter.

— Sergio ne va pas toucher ta copine ce soir. Il rentre toujours chez lui après une de ces fêtes, se saoule et s'endort.

— Et tu le sais comment ?

Est-ce que je peux être sûr qu'il ne touchera pas à Ariella ? A quel point Jayden est-il de confiance ? Je ne peux pas le regarder dans les yeux par téléphone. Je dois lui faire confiance, et mon instinct me dit qu'il est honnête.

— J'ai été invité chez lui après une ou deux fêtes, avoue Jayden. Ariella n'est pas la première fille qu'il amène chez lui. J'aurais dû me rendre compte qu'il pourrait la choisir. Elle est tout à fait son type. Mais je t'assure qu'il ne la touchera pas avant demain, et à la fin de la semaine, tout sera fini.

Mon estomac se retourne.

— Pourquoi ça ?

— Il les chasse avant la prochaine vente aux enchères. Je n'ai jamais vu une fille s'échapper.

CHAPITRE VINGT-NEUF

Jayden

Je n'aurais pas dû parler de la chasse à Jaxson. Il ne me laissera jamais rentrer à la maison ce soir, grimper dans mon lit, et dormir quelques heures.

— Tu es en train de me dire qu'il va envoyer Ariella dans quoi, les montagnes, et la chasser pour le plaisir ?

Ma bouche est sèche. Mes yeux sont brouillés.

J'ai déjà déposé Hazel chez Mason et je suis sur la route de la maison.

— C'est exact. C'est un salaud, Capo Sergio, mais il ne le fait jamais avant de se taper les femmes qu'il achète. Donc, tu as environ une semaine jusqu'à ce qu'il se lasse de la même fille et veuille un nouveau jouet.

— Je ne peux pas – il n'y a aucun moyen que je reste assis et écoute ça. C'est quoi l'adresse ?

Bien que ce soit une question, je sais sans aucun doute que Jaxson ne demande pas. Il exige que je lui dise où Sergio vit.

Mes yeux sont flous et brûlants. Je veux dormir quelques heures avant que le soleil ne se lève.

— Tu n'iras pas seul, dis-je.

C'est une mission de sauvetage pour deux personnes au moins. Quelqu'un doit tuer Sergio et un autre doit sauver Ariella.

Sergio ne va pas ouvrir sa porte d'entrée à Jaxson. Je suis celui en qui il a confiance, celui qu'il laisse entrer chez lui.

Jaxson peut se faufiler et aider Ariella à s'échapper pendant que je distrais Sergio.

Si seulement c'était aussi simple.

— Je me fous que tu viennes avec moi ou pas, mais je ne laisserai pas Ariella là-bas une minute de plus, dit Jaxson.

— Et ta fille ? Je tente de jouer la carte Papa.

C'est tout ce qui me reste pour essayer de l'empêcher de faire ça ce soir.

— Laisse ma petite fille en dehors de ça ! hurle Jaxson dans le téléphone.

— Ok. Ok. Je voulais juste dire que tu ne peux pas vraiment laisser une petite fille comme ça seule à la maison.

— Elle n'est pas seule. J'ai un des gars ici et la sœur d'Ariella. Non pas que ça te concerne, crache Jaxson.

Le sommeil est une denrée que je ne possède pas. Tout comme le sexe, dernièrement.

— Tu as un stylo et du papier ? Je vais te donner l'adresse. Puis je dois appeler chez moi et vérifier que Lexa va bien.

— C'est le milieu de la nuit, dit Jaxson. Laisse la pauvre fille dormir.

Ouais. Maintenant je comprends ce qu'il ressent.

Je lui donne l'adresse et la route à prendre, puis j'accepte d'y aller directement à condition qu'il m'apporte une tasse de café. Je me fiche de savoir s'il le fera chez lui ou s'il a une bouteille de café glacé dans son frigo qu'il apportera avec lui. J'ai juste besoin d'une dose de caféine en plus pour rester éveillé.

Nous partons en mission de sauvetage pour récupérer Ariella, et je ne veux pas m'endormir avant que ma tête ne touche l'oreiller.

CHAPITRE TRENTE

ARIELLA

J'aurais dû être heureuse qu'on m'ait enlevé le collier et le bracelet. Sergio m'a peut-être volé pour lui, mais il n'a pas l'intention de m'envoyer de l'électricité dans le cou.

Peut-être n'est-il pas un sadique ?

Je n'ai toujours pas confiance en lui.

Il m'a enfermé sur la banquette arrière de son 4x4 noir, m'a mis un sac sur la tête, et a conduit pendant environ vingt minutes.

Le terrain est accidenté. Le trajet est assez cahoteux. Je n'ai pas l'impression que nous sommes restés sur des routes principales.

Je doute que Sergio ait peur d'être vu.

Il doit vivre hors des sentiers battus. Ce n'est pas tout à fait isolé, en soi. Je soupçonne qu'il y ait l'électricité et toutes les choses raffinées que l'argent peut acheter.

Je n'ai pas tort.

— Allez, on y va, dit Sergio, sa voix rauque et épaisse.

Il m'attrape par le bras et me sort de la banquette arrière.

— Je ne vois rien, dis-je, lui rappelant que j'ai un sac sur la tête.

C'est difficile de ne pas trébucher sur le terrain rocailleux. Il n'a pas d'allée pavée, ou s'il en a une, il a choisi de ne pas l'utiliser.

— C'est le but, dit-il.

L'herbe et les pierres frottent mes pieds nus.

Mes bottes en cuir me manquent encore plus, sans parler de mon téléphone qui a été caché. J'aime ces chaussures et j'ai même fait une petite folie en les achetant parce que je trouvais qu'elles étaient fantastiques avec un jean.

Je doute de pouvoir les récupérer un jour, et user une nouvelle paire serait un enfer pour mes pieds.

Comment Jaxson pourra-t-il me trouver ?

— Avance, dit Sergio.

Je fais un pas prudent pour sentir du bois chaud sous mes orteils.

Est-ce un porche ?

Il ne grince pas, mais il n'est probablement pas vieux ou bancal, non plus. Sergio est un mafieux et roule probablement sur l'or. Du moins, je l'imagine comme ça, surtout après avoir dirigé la vente aux enchères. Il est clairement aux commandes, sinon quelqu'un serait intervenu quand il a décidé de me ramener chez lui.

J'entends le tintement des clés et le cliquetis du métal lorsqu'il insère la clé dans la serrure.

Nous allons bientôt entrer.

Et si je m'enfuis à pied ? Mes mains ne sont pas attachées derrière mon dos. Je pourrais enlever le sac sur ma tête et courir.

Jusqu'où pourrais-je aller ?

A-t-il son arme à portée de main ? Je suis sûre qu'il a une arme, et il me tirera probablement dessus à la première occasion, d'autant plus que je ne lui ai pas coûté un centime.

La porte grince sur ses gonds lorsqu'il ouvre l'entrée principale. Enfin, je suppose que c'est l'entrée principale.

Mon cœur bat comme un bateau se heurtant aux rochers dans une tempête. De la sueur me couvre, mais je sais qu'il ne fait pas chaud dehors.

Mon estomac fait des sauts périlleux.

À ce moment-là, je dois agir. Alors je cours.

J'arrache le tissu qui couvre mon visage dans ma quête de liberté. Je trébuche sur la marche du porche, mais cela ne me stoppe pas dans le début de la course.

Je pars aussi vite que mes jambes me le permettent. Mes mollets me brûlent, mais je m'en fiche. Je refuse de ralentir ou de céder à Sergio, ou à tout autre homme qui pense pouvoir me posséder.

Je ne suis pas une propriété.

Il fait encore nuit dehors, et mes pieds se blessent sur les gravillons de la forêt épaisse.

Je regrette plus que tout de ne pas avoir de bottes, quelque chose pour protéger la plante de mes pieds. Je cours sur les branches et les feuilles, les chardons et les cailloux.

Tout ce qui jonche le sol de la forêt est écrasé sous mon poids alors que je fuis la propriété.

Je n'ai aucune idée d'où je vais, seulement que j'ai besoin d'aide.

Je ne me retourne pas et ne ralentis pas pour regarder Sergio.

Il ne me poursuit pas, et pendant ce bref moment, que je trouve étrange et presque déstabilisant, je ne peux ralentir.

Je ne vais pas lui laisser le temps de me rattraper s'il a l'intention de mettre des chaussures de course ou de se changer. Je n'ai pas la moindre idée de la raison pour laquelle il m'a laissé courir, mais je ne vais pas remettre en question sa décision.

Bien sûr, il y a des ours dans les bois. Des grizzlis. Les créatures les plus méchantes et meurtrières. Peut-être des loups aussi. Je ne suis pas tout à fait sûre de toutes les bêtes sauvages de la forêt.

Je ne vis pas à Breckenridge depuis longtemps, et je n'ai pas grandi dans le coin.

Je ne peux pas penser à ce qui se trouve au-delà de la forêt, dormant, ou cherchant de la nourriture. La seule façon de survivre a été de m'échapper.

Suis-je libre ?

Ma poitrine me fait mal avec une intensité hurlante qui fait brûler et pleurer mes yeux.

Ralentir me ferait tuer.

J'ai déjà ressenti cette douleur, comme si ma poitrine était écrasée. L'agonie.

Je ne ralentis pas. Je ne suis pas en train de mourir. Ce n'est pas une crise cardiaque. Bien sûr, j'ai des problèmes qui font littéralement sauter un battement à mon cœur. Grâce à la tachycardie et au dysfonctionnement autonomique dont je souffre, c'est l'enfer.

Mais ça ne me tuera pas.

N'est-ce pas ?

Je veille à prendre mes médicaments deux fois par jour. Je suis très attachée à cette routine, je ne manque jamais une dose parce que si je le fais, ça me détruit, perturbant ma vie dès le lendemain.

Bien que j'ai manqué une dose, ça n'aurait pas été la fin du monde si je n'avais pas été en mode combat-fuite. Fuir pour sauver ma vie n'aide pas à soulager mes symptômes.

Plus que tout, j'aurais aimé avoir mon téléphone pour appeler Jaxson.

En grimaçant, je me rappelle que Delphine est en ville ce soir.

Merde.

Me pardonnera-t-elle de ne pas être allée la chercher à l'aéroport ? On se rapproche enfin, et je l'ai laissée en plan.

C'est ce qu'elle dira.

Je peux déjà entendre son ton insistant et son regard de désapprobation.

Refusant de ralentir, je continue à courir dans la forêt. Vais-je atteindre une route, une maison, un signe de civilisation ?

Breckenridge est peut-être une petite ville, mais je finirais bien par y arriver, non ?

Et si je vais dans la mauvaise direction ?

Le monde autour de moi tourne pendant que je cours. Les arbres se balancent, et j'agrippe l'écorce rugueuse de l'un d'entre eux pour me soutenir.

Haletant pour reprendre mon souffle, je ne peux pas me permettre de ralentir.

Au loin, des pneus crissent sur du gravier.

Je ne parviens pas à savoir si le véhicule se dirige vers la maison de Sergio ou s'en éloigne. Je ne pense pas avoir fait demi-tour, mais la forêt semble s'étendre à l'infini.

Qui viendrait rendre visite à Sergio au milieu de la nuit ?

Personne.

Et même si je veux croire que c'est Jaxson, il n'a probablement aucune idée d'où je suis ou de comment me trouver.

Jayden a-t-il seulement eut l'intention de me libérer, ou seulement Hazel ? Je sais qu'il y a des tensions entre les deux frères, mais je ne sais pas jusqu'où elles vont.

Un coup de feu est tiré derrière moi, et je me jette sur le sol de la forêt.

Je n'ai pas entendu de bruits de pas. Il a été silencieux. A moins qu'il soit passé en voiture tout près et qu'il ait visé par la fenêtre du véhicule ?

Je cours dans la forêt en m'éloignant de la route, jusqu'à ce que je me heurte à une clôture métallique imposante.

Je suis piégée.

CHAPITRE TRENTE-ET-UN

JAXSON

Elle est là dehors toute seule, et je suis le seul à pouvoir la sauver.

Jayden et moi nous arrêtons devant la maison de Sergio. La porte a été laissée ouverte, la maison abandonnée.

Je m'attends à ce que des hommes gardent sa maison comme Angelo, mais Sergio n'est pas un chef de la mafia. Du moins pas encore.

Je ne sais pas qui va prendre la place d'Angelo, probablement Gino, son second, mais des guerres ont été menées pour bien moins que ça parmi ces hommes.

Jayden sort son arme alors que nous fouillons rapidement la maison et son périmètre.

— Ils n'ont pas pu aller bien loin, dis-je.

Je m'arrête et me penche, ramassant un capuchon en coton foncé.

Jayden regarde l'étoffe dans mon poing.

— Tu crois qu'elle s'est enfuie ? demande-t-il.

— Bien sûr que oui.

Ariella est une battante, et elle fera tout ce qui est à sa portée pour rester en vie. Si ça signifie une occasion de s'échapper, je sais qu'elle la saisira.

Je pousse un soupir nerveux. J'ai peur pour elle.

Elle a vécu l'enfer en une seule journée et est probablement fatiguée, épuisée, et je ne veux même pas envisager les conséquences que cela aura sur sa santé.

Pourra-t-elle courir et s'échapper ?

Je sais que je suis en forme, et je serais probablement épuisé après avoir été traîné, ballotté d'un bâtiment à un autre, et vendu à une vente aux enchères d'esclaves. Le traumatisme qu'elle a enduré seul est sidérant, et penser que Sergio est toujours après elle. Dire que je suis inquiet est un euphémisme.

Ce bâtard ne va pas abandonner. Pas facilement.

Ariella non plus. Elle se battra jusqu'à la fin.

— On doit se séparer, la trouver avant qu'il ne soit trop tard.

Je dégaine mon arme de ma hanche.

La forêt s'étend aussi loin que je puisse voir, avec une route de gravier sinueuse que j'ai empruntée. Je ne l'ai pas repérée de l'autre côté de la route, et honnêtement, elle peut être n'importe où.

Un coup de feu retentit au loin.

— Elle doit être par-là, dis-je en faisant un geste, après avoir entendu le coup de feu.

— Il la chasse, c'est obligé, marmonne Jayden dans son souffle.

— Ou il la poursuit parce qu'elle a fui.

C'est aussi le fait qu'elle ait essayé de fuir qui fait que Sergio la traque avec une arme.

Dans tous les cas, elle est en danger, et je dois la trouver avant Sergio.

— Tu crois qu'il l'a vue ?

Je ne ralentis pas alors que j'ouvre le loquet de mon camion. Je dézippe mon sac d'équipement tactique et récupère une paire de jumelles à vision nocturne. C'est le seul moyen de les trouver dans l'obscurité.

Bien qu'elle n'ait probablement pas été prudente dans sa fuite, examiner les arbustes et les branches cassées prendrait trop de temps. Avec un peu de chance, ils n'ont pas pris trop d'avance.

Je lance une deuxième paire à Jayden.

— On doit trouver Ariella avant que Sergio ne la trouve.

— Il est peut-être trop tard, dit Jayden.

Je n'accepterai pas la défaite. Nous n'avons entendu qu'un seul tir. Il n'y a pas eu de cri d'Ariella. Aucun bruit de victoire de Sergio.

Je m'équipe d'un gilet pare-balles et laisse Jayden se servir dans tout ce qui reste de mon équipement.

Je prends une deuxième arme, que je glisse dans mes bottes, et un semi-automatique que je fixe sur mon épaule.

Je ne veux prendre aucun risque.

Je cours dans l'obscurité, mes pieds n'étant pas du tout silencieux alors que mes bottes brisent les feuilles et piétinent les branches.

Peut-être que je peux attirer l'attention de Sergio et qu'il laissera Ariella tranquille.

C'est mon espoir.

Est-ce que ça se passera comme prévu ? Probablement pas.

Au moins, il sait que quelqu'un d'autre le suit dans la forêt.

Il n'est pas seul, et Ariella non plus.

Jayden me suit de près. Ça ne lui prend qu'une minute pour me rattraper, et il est sur mes talons.

— On se disperse ? demande-t-il.

Il n'y a que nous deux.

— Non. S'il a le matériel, il ne faut pas qu'il nous voie tous les deux, dis-je.

Même si je ne veux pas me faire tirer dessus, je suis prêt à mourir pour m'assurer qu'Ariella soit en sécurité, et si cela signifie que Jayden arrivera à temps, ainsi soit-il.

Je jette un coup d'œil au sol, voyant une branche cassée - un signe qu'ils sont passés par là dans la forêt.

— Continue d'avancer, dis-je dans un murmure étouffé.

Le son se propage dans la forêt. Le son voyage toujours plus loin la nuit, et même si j'essaye de garder ma voix basse, mes pieds ne sont pas vraiment silencieux.

— Quelque chose ? demande Jayden.

— Nada.

Je n'ai pas repéré de signes de vie. J'aurais dû apporter du matériel pour détecter les signatures thermiques, mais ce matériel se trouve au bureau de Tactique de l'Aigle.

Nous n'avons pas le temps d'appeler des renforts ou de demander du matériel supplémentaire.

La vie d'Ariella est en jeu, et à tout moment, Sergio peut la trouver, l'abattre, ou pire, nous tuer et la ramener pour en faire son esclave sexuelle.

La bile me monte dans la gorge à l'idée dégoûtante de ce qu'il lui ferait.

Mon Ariella.

Je préfère mourir plutôt que de le laisser poser une main sur elle.

Un deuxième coup de feu retentit.

Cette fois, il est pointé dans notre direction et passe en trombe, perçant un arbre proche.

Les lunettes ne me révèlent personne. Je lève le bras, indiquant à Jayden de s'arrêter.

Sergio doit se cacher.

Est-il caché derrière un arbre ?

Où d'autre pourrait-il être ? Je ne vois rien d'autre, aucun signe de lui. Aucun signe de mouvement.

Mes yeux se rétrécissent et tressaillent quand je repère le long bout du fusil.

— Couche-toi.

J'attrape Jayden derrière moi et le jette au sol avec moi.

Sergio nous a repérés.

CHAPITRE TRENTE-DEUX

Jayden

Des pas lourds martèlent le sol alors que Sergio se précipite dans notre direction. Jaxson m'a sauvé la vie.

Merde.

Ça n'a pas d'importance maintenant. À tout moment, il nous découvre allongés sur le sol de la forêt. Nous devons réfléchir et agir vite.

Je jette un coup d'œil à mon camarade pendant une fraction de seconde, et il me fait un rapide signe de tête.

Il a la même idée.

Nous devons nous séparer.

— Je vais la trouver. Tu t'occupes de lui, rage Jaxson.

Il n'est pas le moins du monde silencieux. Ne sait-il pas comment chuchoter ?

Voulons-nous donner notre position à Sergio ? Je ne veux surtout pas qu'il nous trouve.

Je prends une grande inspiration.

C'est maintenant ou jamais. Jaxson s'est éloigné en rampant sur le sol, au ras des arbustes et des branches, hors de vue, avant que je ne l'aperçoive se lever d'un bond et courir vers Ariella.

L'a-t-il repérée ?

Je ne peux rien voir d'autre que Sergio qui vient droit sur moi.

Je prends mon arme, mais la gâchette est bloquée.

Super. Jaxson m'a donné une arme qui est inutile.

Je lâche l'arme et utilise mes poings pour écarter le fusil de chasse alors qu'il vise ma poitrine. Je fais tourner l'arme, entendant le craquement de son doigt sur la gâchette.

Sergio lâche l'arme et s'élance vers moi. Ses mains tombent autour de mon cou. Sa prise est serrée, j'ai du mal à respirer.

Je lui donne un coup de genou dans l'entrejambe alors que nous roulons sur la surface dure, des bâtons et des branches cassées nous tailladant.

— Espèce de salaud ! Je crache en parlant et me sers de mes pouces pour frapper Sergio dans les yeux.

Il crie et relâche momentanément son emprise sur ma gorge, suffisamment longtemps pour que je puisse prendre une profonde inspiration et avaler de l'air.

Cela ne dure pas longtemps. Il attrape mon arme bloquée et appuie sur la gâchette vers l'extérieur, sans la pointer vers moi.

— C'est moi le salaud ? raille-t-il. Tu viens dans ma maison et tu prends une de mes filles. Et ensuite tu te bats contre moi ?

Essaye-t-il de tirer sur Jaxson ? A-t-il déjà trouvé Ariella ?

Je ne peux pas les voir. Je me concentre entièrement sur ma propre survie et sur le fait d'arrêter Sergio.

— J'ai payé pour elle, honnêtement.

Ça me rend malade rien que de penser au fait que nous avons pratiquement financé la mafia en leur donnant de l'argent.

Quel autre choix avions-nous ?

À ce moment-là, c'était le bon plan d'action pour sauver Hazel. Si seulement j'avais été capable de faire la même chose pour Ariella, nous ne serions pas ici la nuit, luttant pour nos vies.

Sergio n'a pas utilisé sa main dominante. J'ai fait en sorte de casser ce doigt, mais il tient le pistolet dans son autre main, exerçant une pression continue sur le pistolet et la gâchette jusqu'à ce que le coup parte.

Merde.

Le rire sinistre de Sergio résonne dans la forêt. Il s'éloigne de moi, tirant dans l'obscurité de la nuit, criblant la forêt de balles dans toutes les directions.

J'entends un cri aigu, féminin.

Ça doit être Ariella.

A-t-elle été touchée ?

Je n'aurais jamais dû laisser à Sergio le temps de prendre l'arme. C'est ma faute.

Tout est de ma faute. J'ai causé ça, et même si je ne me suis impliqué avec Enzo et Angelo que pour retrouver ma nièce, le sang de tout le monde est sur mes mains.

Je suis aussi coupable que la mafia.

CHAPITRE TRENTE-TROIS

ARIELLA

Le dos contre la clôture métallique, je regarde les barbelés.

Il n'y a aucun moyen d'escalader la clôture sans se blesser. Je n'ai pas de chaussures, je porte une nuisette très légère et pas de sous-vêtements.

C'est comme demander à me mutiler.

Un coup de feu perce l'air.

Sergio.

Peut-être qu'escalader la clôture n'est pas la pire des idées.

Un grognement gronde au loin.

Merde, c'est un ours ? Non, les ours ne sortent pas la nuit, si ?

Je n'ai aucune idée s'ils sont nocturnes. Seulement que je n'en ai jamais vu, à part au zoo, et je ne veux pas non plus m'en approcher.

Je longe la clôture, gardant mes doigts contre le métal dans l'espoir de trouver une brèche, une déchirure, un moyen de courir et de m'échapper.

J'essaye de me faire aussi discrète que possible. La balle de fusil qui a traversé l'air ne m'a pas touché.

Sergio a-t-il voulu faire un tir d'avertissement ?

Je m'attends à ce qu'il crie, qu'il hurle, qu'il indique qu'il veut que je rentre avec lui, sinon il me tuera.

Le silence est la seule réponse qui suit.

J'avale la boule qui est apparue dans ma gorge. Ai-je peur ?

Oui, je suis terrifiée.

Mais je ne peux pas rester immobile.

Je refuse d'attendre d'être abattue, ou battue, violée, ou torturée par un monstre.

Garder la clôture métallique dans mon dos est risqué. Elle indique la limite de la propriété. Du moins, je suppose que c'est la raison de son existence, mais elle me piège aussi s'il se rapproche.

— Tsk. Tsk. La voix de Sergio retentit au loin.

Mon estomac se contracte, et je me fige.

Peut-être entend-il mes pas. Si je ne bouge pas, sera-t-il incapable de me trouver ? Je reste parfaitement immobile dans le calme de la nuit.

Je retiens ma respiration et écoute le son du vent qui fouette les feuilles et lèche les arbres, les faisant se balancer.

Moi aussi, je sens mon corps se balancer. Pas à cause du vent, mais à cause de l'épuisement. J'ai envie de me coucher, de m'allonger et de dormir pendant une semaine.

Mon adrénaline a d'autres projets.

Mes mains tremblantes continuent à ralentir, mais au moins, il ne peut pas entendre mes mains. Mon corps entier est parcouru de tremblements. Bientôt, il entendra le cliquetis de la clôture.

Je m'éloigne du métal.

Je dois chercher un abri.

Y a-t-il une grotte à proximité ? Peut-être un arbre ou un gros rocher où je pourrais me glisser, cachée et invisible.

Sergio connait-il les bois par cœur ? Fréquente-t-il souvent la région ?

C'est sa maison, son terrain. Je dois supposer qu'il connait chaque centimètre de la forêt.

Ses pas s'éloignent. Il se précipite dans la direction opposée.

Où Va-t-il ? A-t-il abandonné ?

Je pousse un soupir nerveux et reste immobile pendant encore une bonne minute avant de me diriger discrètement vers la route. Du moins, c'est la direction que je pense prendre.

Plus tôt, il y a eu le bruit d'un véhicule, du trafic, ce qui signifie qu'il y a d'autres personnes à proximité.

Je dois chercher qui c'est et demander leur aide. Avec un peu de chance, ils ne sont pas amis avec Sergio, sa bande.

Le temps semble s'être arrêté. Un coup de fusil retentit dans la direction opposée.

Jaxson et l'équipe sont-ils venus pour me sauver ?

J'entends une lutte au loin. Merde.

Des larmes menacent ma vue. Je continue à avancer. Je ne peux pas ralentir.

J'accélère le pas à travers la forêt. Mes jambes me brûlent. Mes pieds palpitent et sont à vif et en sang, mais je ne ralentis pas.

Et si Sergio a abattu ceux qui sont venus m'aider ? Et s'il n'y a personne pour me trouver ? Personne pour me sauver.

Je dois me sauver moi-même.

Je me dépêche aussi vite que je peux. Je m'éloigne de la clôture et garde mon rythme, refusant de ralentir même si mes pieds sont à vif et déchirés par des coupures et des éraflures.

Une main couvre ma bouche.

J'ouvre la bouche pour crier et mordre l'assaillant.

— Shhh, c'est moi, Taches de rousseur.

Le murmure chaud de Jaxson arrive à mes oreilles.

Je n'ai jamais été aussi soulagée d'entendre ce surnom ou de sentir son corps blotti derrière moi.

Mon corps tremble, et les larmes s'échappent de moi comme une rivière.

— Respire, dit Jaxson, sa voix douce et rassurante. Jayden est avec Sergio. Ce n'est pas encore fini.

Ce n'est pas le moment de se réjouir.

Des balles traversent l'air. Jaxson me plaque rapidement au sol, protégeant mon corps, s'allongeant au-dessus de moi, alors que des coups de feu éclatent d'une direction.

— Bon, on sait où est Sergio, dit Jaxson. Je dois te sortir d'ici et aider Jayden. Tu peux rester à terre ?

— Ne me laisse pas, je murmure.

Je n'ai jamais eu l'air aussi impuissante de toute ma vie.

Je ne veux pas être impuissante. Je veux être courageuse, mais j'ai peur.

— Qui d'autre est avec toi ?

Les autres membres de Tactique de l'Aigle doivent être là et peuvent aider.

— C'est juste Jayden et moi.

Je gémis en signe de protestation. Je ne veux pas qu'il lui arrive quelque chose.

Il détache son gilet.

— Tiens, mets ça.

— Quoi ? Non.

Je ne peux pas le prendre. Il a une fille à la maison. J'ai, eh bien, j'ai moi. C'est tout.

— Tu vas le porter. Ne discute pas avec moi, dit Jaxson, sa voix ferme.

Il a déjà pris sa décision, et je ne vais pas le convaincre, peu importe à quel point j'essaye.

La vérité est que je n'essaye pas vraiment.

Je suis terrifiée, et Sergio veut me tuer.

Il veut probablement que Jaxson et Jayden meurent aussi, mais ces gars sont des anciens des forces spéciales. Ils ont un entraînement militaire. Je n'ai rien.

Je m'allonge sur le sol, et Jaxson s'empresse de m'aider à enfiler le gilet.

Il risque sa vie pour moi.

— Attends, je chuchote, en le serrant fort et près de moi. Mes lèvres s'écrasent contre les siennes.

Si c'est un adieu, je ne veux pas que ça soit sans qu'il sache ce que je ressens.

— Je t'aime, je souffle contre ses lèvres.

Jaxson recule et affiche un sourire en coin.

— Je sais. Je sais. Je t'aime aussi, Taches de rousseur. (Ses lèvres me dévorent une dernière fois avant qu'il ne se retire.) Reste ici et reste couchée. Je dois pouvoir te retrouver. Ne bouge pas. Quoi qu'il arrive. D'accord ?

Je hoche la tête pour montrer que je comprends et je le regarde partir, disparaissant dans la nuit pour sauver Jayden et empêcher Sergio de tous nous tuer.

CHAPITRE TRENTE-QUATRE

JAXSON

La laisser a été dévastateur, mais je sais qu'elle sera en sécurité. Elle a mon gilet pare-balles, et je lui ai donné une arme avant de la laisser seule.

Je ne vais pas laisser quelque chose arriver à Ariella, plus jamais.

En tout cas, pas ce soir.

Je ne suis peut-être pas capable de la protéger de toutes les petites choses du monde, mais je peux la protéger de Sergio et de la mafia.

Je me dirige à l'opposé de la route sur plusieurs mètres avant de me rapprocher de Sergio et Jayden.

Je ne veux pas que Sergio soit au courant de ma position précédente.

Protéger Ariella est le plus important.

Je me dépêche, sans me faire trop discret.

Allez, mon pote, viens vers moi.

Il n'a pas tiré depuis quelques minutes, ce qui signifie soit qu'il n'a plus de balles, soit que Jayden l'a maîtrisé.

Il y a une lutte quand je m'approche.

Jayden et Sergio luttent au sol, se lançant des coups de poing.

Ça, je peux le gérer.

Avec mes bottes à embout métallique, je donne un coup de pied à Sergio alors qu'il est à terre, le frappant à la nuque. Je le saisis par les cheveux et l'arrache à Jayden d'une main. Mon autre arme est positionnée sur son cou.

J'incline l'arme sous son menton.

— Tu prends ton pied à enlever, vendre et violer des femmes ?

Ce n'est pas une question rhétorique.

Il souffle et hausse les épaules, essayant probablement d'échapper à mon emprise.

Je ne le lâche pas.

Jayden se lève, époussète son pantalon et attrape l'arme qui est sur le sol, celle qui a tiré plusieurs balles sur Ariella et moi quelques minutes plus tôt.

— Tu vas juste rester là à le menacer ou tu vas finir le travail ? demande Jayden.

— Appelle les autorités, dis-je.

Jayden secoue la tête.

— Il ne mérite pas une cellule et trois repas par jour.

— Ce n'est pas à nous de décider.

Je ne suis pas un meurtrier.

Du moins, je ne veux pas en être un. J'ai dépassé les bornes avec Angelo DeLuca. Mes méthodes d'interrogatoire sont allées trop loin, et je devrais vivre avec ce que j'ai fait. DeLuca est un monstre, tout comme Sergio, mais les tuer ne fait pas de moi le gentil.

— Au contraire ! Jayden lève le pistolet et le pointe sur la tête de Sergio. Dis-moi pourquoi je ne devrais pas lui faire exploser la tête en mille morceaux ?

Sergio ricane en regardant Jayden.

— Tu n'en es pas capable.

CHAPITRE TRENTE-CINQ

ARIELLA

Je tremble, allongée dans l'herbe. Je me serais couverte de branches si c'était possible.

Des coups de feu retentissent au loin.

Mes yeux se ferment brusquement.

En silence, je prie pour que Jaxson soit sain et sauf et qu'il aille bien.

Le gilet pare-balles est serré, oppressant. Je halète, incapable de respirer, comme si j'étais en train de suffoquer.

Des pas se hâtent dans l'herbe dans ma direction.

Je n'ai entendu qu'un seul tir.

Qui a été tué ?

Jaxson est-il sain et sauf ?

Et Jayden ?

Mes yeux restent fermés, de peur que Sergio ait survécu et qu'il m'abatte ensuite.

Inquiète qu'il puisse voir le blanc de mes yeux étinceler au clair de lune, je baisse la tête. Mes cheveux tombent sur mon visage.

Le mot peur n'est pas suffisant pour décrire l'horreur qui coule dans mes veines et fait monter l'adrénaline dans mon cœur.

Des pas lourds frappent le sol.

Qui que ce soit, il ne cherche pas à cacher sa présence.

Pourquoi le ferait-il ? C'est fini pour eux. Est-ce fini pour moi aussi ?

Les pas rapides se rapprochent.

— Tout va bien.

La voix de Jaxson sonne comme une musique à mes oreilles, et je lève les yeux, m'assurant que ce que je vois est réel.

— J'ai entendu un coup de feu.

Ma lèvre inférieure tremble.

Jaxson se penche et m'aide à me relever. Il garde son bras autour de moi, son regard me parcourant.

L'adrénaline ne descend pas. Mon corps est parcouru de frissons, de tremblements qui m'englobent de la tête aux pieds.

Ce n'est pas une crise de convulsions. Non, c'est normal quand les pics de noradrénaline me battent à mon propre jeu : la survie.

Ses sourcils se froncent.

— Jayden, donne-moi un coup de main.

Jaxson tend à Jayden l'arme qu'il portait en bandoulière un peu plus tôt.

Jaxson me soulève dans ses bras, me berçant.

— Qu'est-ce que tu fais ? je demande.

Je ne me débats pas. J'enroule mes bras autour de son cou tandis qu'il me porte, ses bras passés sous mes jambes.

Il ne semble pas avoir du mal, mais je ne suis sûrement pas facile à porter dans la forêt.

— Tu ne portes pas de chaussures, tu trembles clairement, et je ne peux pas, en bonne conscience, te laisser marcher jusqu'au camion. Il est à au moins un kilomètre, explique Jaxson.

Jayden marche devant nous à quelques mètres. Qu'il nous accorde une certaine intimité ou qu'il veuille rester seul, je ne le sais pas et je m'en moque.

— Merci, je murmure, en expirant doucement.

Ma tête s'appuie contre sa poitrine.

Je m'imprègne de son odeur, de sa chaleur et du réconfort qu'il m'offre.

Bien que les tremblements ne cessent pas, le simple fait d'être dans ses bras suffit à calmer mon état émotionnel, alors que je lutte toujours contre mon état physique.

— Après t'avoir mis dans mon camion, je t'emmène à l'hôpital pour te faire examiner et m'assurer que tu vas bien.

Pourquoi doit-il être l'adulte raisonnable ?

— Jaxson, je me plains. Je veux juste rentrer à la maison.

Même si je sais qu'il se soucie de mon bien-être, je n'aime pas les hôpitaux.

Cependant, je ne connais personne qui les aime. Malgré tout, j'aurais préféré rentrer chez moi, me glisser sous les couvertures chaudes et me blottir contre lui le temps de m'endormir.

— Je sais, et ce sera le cas après ton examen, insiste-t-il. Ne discute pas avec moi.

Il utilise ce ton, le même qu'il utilise quand il parle à Izzie, et qu'il ne la laisse pas faire ce qu'elle veut.

J'apprécie son côté protecteur, même si je n'ai pas envie d'aller à l'hôpital. Les visites aux urgences ne sont jamais rapides.

— On ne peut pas simplement aller à la clinique en ville ? je réplique.

———

Jaxson ne veut rien entendre. Il insiste pour me conduire à l'hôpital à deux heures de route. En réalité, le trajet a duré une heure et dix minutes, car nous étions déjà à mi-chemin et il a conduit à toute vitesse.

J'ai du mal à dormir. Le brancard est dur et inconfortable. Les médecins ont fait un nombre ridicule de tests.

Nous attendons les résultats.

Jaxson est assis à côté de moi, ses paupières lourdes alors qu'il lutte pour rester éveillé.

— Tu peux fermer les yeux, je marmonne.

— Pas avant que l'on soit à la maison, répond Jaxson.

Je pousse un lourd soupir. Et quand est-ce que cela arrivera ? Le soleil se lève déjà. Il était déjà en train de se lever quand nous sommes arrivés à l'hôpital.

— Qui surveille Izzie ? je baille, allongée sur le lit.

La main de Jaxson est nichée dans la mienne.

Les tremblements ont diminué mais pas complètement disparu avec la deuxième poche de perfusion.

Nous attendons les résultats d'un certain nombre de tests. Les médecins veulent s'assurer que je ne suis pas droguée ou que je n'ai pas d'autres problèmes avant de me prescrire mon traitement habituel.

— Declan est à la maison avec Izzie.

— Et Delphine ? Oh mon dieu, elle est arrivée par avion hier soir. J'étais censée aller la chercher !

— Je sais, dit Jaxson. (Il me serre doucement la main.) Elle m'a appelé quand elle n'a pas réussi à te joindre. Je lui ai dit de prendre un taxi et que je paierais le trajet jusqu'à chez moi. J'ai aussi envoyé Declan pour la faire entrer et mettre Izzie au lit. Il a décidé de passer la nuit chez nous, ce qui me convenait.

Mes paupières se ferment un court instant.

— Merci, je murmure en ouvrant les yeux.

Je lutte pour rester éveillée. Je ne veux pas dormir. Pas ici. Pas maintenant.

— Repose-toi.

Il caresse mon épaule avec son autre main.

Plus facile à dire qu'à faire. Les lumières fluorescentes du plafond bourdonnent constamment. Le temps semble s'être arrêté. Mais au moins, je suis en sécurité.

Le docteur ne frappe même pas avant d'ouvrir le rideau et d'entrer dans la pièce.

— J'ai de bonnes nouvelles. Vous allez bien tous les deux.

— Tous les deux ?

De quoi parle-t-il ? Je jette un coup d'œil à Jaxson.

— Oui, vous et le bébé. (Le médecin fait une pause.) Vous ne saviez pas que vous étiez enceinte ?

— Non. Je veux dire, je ne pensais pas que c'était possible après la dernière fois.

Je souffle nerveusement.

— Eh bien, vous êtes tous les deux en bonne santé. Toutefois, je vous suggère de consulter rapidement un obstétricien. Je crains que l'un des médicaments que vous nous avez dit prendre puisse causer des problèmes et il n'est pas recommandé de le prendre pendant la grossesse. En attendant, je vais vous faire une ordonnance pour vous aider à réduire votre rythme cardiaque, mais vous devez rester alitée jusqu'à ce que vous voyiez le médecin qui vous traite pour le dysfonctionnement autonomique.

— Ok, je murmure.

On attend un enfant. Jaxson et moi allons avoir un bébé.

CHAPITRE TRENTE-SIX

Skylar

Jayden ne m'a pas vraiment invitée à aller chez lui, mais je ne lui ai pas laissé d'autre choix. Il est la raison pour laquelle mon frère ne me parle pas et m'a viré de chez lui.

C'est un peu de ma faute aussi, mais j'ai quand même besoin d'un endroit où dormir.

Pendant que Lincoln emmène Harper se faire examiner, Declan nous dépose, la nièce de Jayden et moi, à l'appartement de Jayden.

Je connais bien l'endroit et je fais une brève visite à Lexa avant de lui montrer la chambre d'amis.

Ce qui veut dire que je vais dormir dans la chambre de Jayden, qu'il le veuille ou non.

J'ai quelques affaires chez lui déjà rangées pour notre fausse relation. Une poignée de photos, quelques vêtements, même une taie d'oreiller sur le lit, juste au cas où son patron serait venu à l'appartement pour me rencontrer sans prévenir.

Heureusement, ça n'est pas arrivé, même si j'en ai rêvé, fait des cauchemars d'un homme sans visage défonçant la porte et m'interrogeant.

Et c'était avant que je sois forcée d'aller avec Angelo DeLuca et d'aider Ben à kidnapper les filles.

Comment vais-je pouvoir vivre avec ce que j'ai fait ?

Est-ce que Jaxson me pardonnera un jour ? Et Ariella et Izzie ?

Lexa va directement au lit. Je ne peux pas lui reprocher. Je suis aussi épuisée.

Je mets un des t-shirts de Jayden qui tombe juste au-dessus de mes genoux.

Il sent spécifiquement comme lui, fort et musqué avec un soupçon de sciure de bois. Je ne l'ai jamais vu utiliser une scie, mais je n'ai pas passé beaucoup de temps avec lui.

J'ai été en colère contre lui, je l'ai blâmé pour ce qui s'est passé, mais il a risqué sa vie pour sauver Hazel et Ariella.

Peut-être qu'il n'est pas le méchant, juste le mauvais garçon.

Je me glisse sous les couvertures. Tout sent comme Jayden.

L'odeur est intense Mes yeux brûlent tandis que je sanglote dans l'oreiller.

Je me déteste, je déteste ce que j'ai fait, ce que je suis devenue pour me sauver.

Comment vais-je me faire pardonner par ma famille, mes amis ?

Dormir est impossible. Je me tourne et me retourne. Sans mon téléphone, je n'ai pas la moindre idée de quand Jayden rentrera ou s'il rentrera vivant.

Et si l'enchère a dégénérée ?

La nuit traîne, et la lumière du jour traverse enfin les rideaux. Alors que je commence à m'endormir

CHAPITRE TRENTE-SIX 257

d'épuisement, la porte de la chambre s'ouvre, et me réveille en sursaut.

— Jayden ? je marmonne en frottant le sommeil de mes yeux.

— C'est fini, dit-il, la voix rauque et lourde.

— Hazel et Ariella, elles vont bien ? je demande en me redressant dans le lit.

Je serre les couvertures qui m'entourent dans mes poings.

— Hazel, je l'ai sauvée de la vente aux enchères. Jaxson et moi avons dû poursuivre Capo Sergio et récupérer Ariella. Elle est en route pour l'hôpital, mais je pense qu'elle va bien.

Il se déshabille, ne semblant pas se soucier que je me trouve dans son lit.

Il abandonne d'abord ses chaussures sur le sol, puis enlève sa chemise et la jette dans le panier à linge à proximité. Jayden déboutonne son pantalon et le jette dans le panier avec son caleçon.

J'essaye de ne pas regarder.

Il ne semble pas s'en soucier le moins du monde. Il traverse la pièce en direction de la salle de bain et allume la lumière.

Mes yeux me brûlent, et je plisse les yeux quand il laisse la porte ouverte.

— Je vais prendre une douche. J'ai besoin de me débarrasser de toute cette crasse. Tu t'es déjà lavé ? demande Jayden.

— Je euh, non.

J'ai été trop fatiguée, trop brisée pour faire autre chose que de me complaire dans l'apitoiement. J'aurais sûrement dû.

— Tu veux te laver avec moi ? Partager une douche ? Économiser l'eau.

Je frotte mes yeux fatigués et me déplace sur le matelas, passant mes jambes sur le côté. Je vacille une seconde avant de faire un pas en avant, le suivant dans la salle de bain.

— Bien joué, dit Jayden avec un sourire en coin. Je suis vraiment désolé pour ce qui s'est passé.

— Shhh, dis-je, le faisant taire en mettant mon doigt sur ses lèvres.

Il ferme la porte d'un coup de pied et me fait reculer contre elle, levant mes mains au-dessus de ma tête.

— J'ai voulu faire ça avec toi depuis que tu es venue au bar pour la première fois, chuchote Jayden.

Il ne m'embrasse pas. Il se contente de me regarder fixement. Est-ce qu'il me provoque exprès ?

— Qu'est-ce que tu attends ? je demande, en essayant de reprendre mon souffle.

— La permission, dit Jayden, sa voix rauque et basse. Contrairement à ces hommes, je ne prendrai pas ce qui n'est pas à moi.

— Je veux être à toi, j'avoue.

Est-ce ce qu'il veut entendre ?

Ses lèvres descendent durement sur les miennes, nos bouches s'écrasant l'une contre l'autre, nos langues se battant en duel pour prendre le contrôle.

Il me garde coincée contre la porte, son corps pressé contre moi, nu.

La seule chose entre nous est le t-shirt que je porte.

— Tu vas devoir l'enlever si tu comptes prendre une douche, dit Jayden en regardant mon t-shirt.

Je glousse, mes bras toujours plaqués contre la porte au-dessus de ma tête.

— C'est un peu difficile de le faire sans pouvoir utiliser mes bras. Peut-être que tu devrais me déshabiller, dis-je.

Jayden grogne. Son désir me touche. Il joint mes mains, une main me tenant fermement, l'autre guidant mon t-shirt centimètre après centimètre vers le haut. Son touché est chaud et doux, bien plus tendre que ce que j'ai prévu.

Ses lèvres caressent mon oreille, provoquant un frisson dans tout mon corps alors que je m'impatiente.

— Je suis tellement désolé, murmure-t-il à mon oreille. (De doux baisers dansent sur mon cou quand il lâche mes poignets, me libérant.) Je n'aurais pas dû risquer ta vie.

Ses yeux se plantent dans les miens.

— On a tous les deux fait des erreurs, j'admets en soutenant son regard.

Nous allons devoir vivre avec ces conséquences. Pour l'instant, j'ai juste besoin de me sentir vivante et aimée.

Je me penche en avant, et nos lèvres se rencontrent une fois de plus. Je ne veux pas entendre ses excuses. Je veux sentir son admiration et son attention.

— J'ai besoin d'oublier, je murmure contre ses lèvres en tirant doucement sur sa lèvre inférieure avec mes dents. S'il te plaît, fais partir cette douleur.

Jayden ouvre la bouche et pousse un léger soupir. Va-t-il me dire qu'il ne sait pas comment faire ?

Aussi vite que cette expression de noirceur et de tristesse traverse son visage, elle disparait.

Sa bouche se pose sur la mienne et il retire la dernière barrière entre nous, jetant le t-shirt sur le sol. Jayden me prend dans ses bras et me pose sur le bord du lavabo.

Il prend un préservatif dans le tiroir, l'ouvre et le déroule avant que son regard ne croise le mien.

— Tu es sûre ?

— Oui, dis-je.

Ma main se tend vers lui, le caressant, le touchant, lui prouvant que je veux faire ça avec lui.

J'ai vécu l'enfer aujourd'hui, mais les autres filles, celles qui sont censées être mes amies, ont vécu bien pire. Jayden n'a pas besoin de me dire ce dont il a été témoin pour voir la douleur et l'angoisse derrière ce regard d'acier.

Sa chaleur me remplit, me nourrit, et me fait oublier la douleur et la souffrance qui assombrissent mon cœur.

J'enroule mes jambes autour de lui et l'attire plus profondément et plus étroitement à chaque mouvement. Mes doigts s'enfoncent dans son épaule, le marquant.

Jayden grogne et se retire, passant une main dans ses cheveux. Ses yeux semblent désemparés.

— Tu vas sérieusement me torturer à ce point ?

Pourquoi s'est-il arrêté ?

— Ce n'est pas comme ça que je voulais que notre première fois se passe, lâche-t-il en croisant mon regard. Tu mérites mieux.

— Je ne suis pas sûre de ça. (Je ris sombrement. Je le fixe, mon regard inébranlable. Mes doigts tracent un chemin délicat le long de sa poitrine.) S'il te plaît, je veux juste ressentir autre chose que du regret, et avec toi, je ne regretterai jamais ça.

Les lèvres de Jayden viennent se poser sur les miennes.

— J'ai imaginé te baiser dans le bar ces derniers mois, chuchote-t-il. Mais tu mérites un traitement de reine. Du vin, un dîner, et de longs préliminaires.

— Ça me paraît bien pour la prochaine fois. Ce soir, je me fous que ce soit dans la salle de bain ou si c'était dans le bar. Je veux juste t'écouter gémir et t'entendre crier mon nom.

— Autoritaire, rit Jayden.

Ses doigts se glissent dans mes cheveux et il ramène mes lèvres vers les siennes, s'accrochant à moi, nos baisers fougueux et enflammés alors qu'il me pénètre à nouveau.

Je gémis de plaisir. Je veux qu'il sache qu'il me fait du bien, et je ne veux pas qu'il hésite plus longtemps.

Il n'y aura pas de regrets ce soir, du moins pas entre nous deux.

Mes yeux se ferment alors que la sensation grandit, s'amplifie et s'intensifie.

— Jouis pour moi, Skylar, murmure-t-il à mon oreille.

Je me resserre autour de lui, mon intérieur palpitant. Je suis déjà si proche, à la limite. Mes orteils se courbèrent, et j'écoute alors qu'il est de plus en plus proche.

Tout ressemble à un feu d'artifice explosant autour de moi, alors que je tremble dans son étreinte, haletant alors que nous atteignons notre apogée.

— Douche ? marmonne-t-il en se retirant et en jetant le préservatif à la poubelle.

Je ris doucement. C'est pour ça que je l'avais rejoint dans la salle de bain. Je glisse du comptoir, mes jambes en compote.

Jayden me stabilise, ses mains sur mes hanches.

— Ça va ?

Je hoche la tête, levant les yeux vers lui.

— Parfaitement.

CHAPITRE TRENTE-SEPT

ARIELLA

Je me suis endormie dans le camion sur le chemin de retour de l'hôpital.

Je ne sais pas comment Jaxson a réussi à rester éveillé.

Le camion s'arrête en douceur, mais ça me réveille.

— On est arrivés ? Je baille et frotte le sommeil de mes yeux.

— Oui, répond Jaxson.

Il coupe le moteur et sort, faisant le tour pour m'aider à sortir et me porter par la porte d'entrée.

Mes pieds sont bandés et douloureux à mort à cause de la course à travers la forêt, mais je survivrai. D'ailleurs, c'est le dernier de mes soucis.

Je suis enceinte, et non seulement je dois prendre soin de moi, mais je dois aussi penser au petit garçon ou à la petite fille qui grandit en moi.

Dire que je ressens une peur extrême est un euphémisme.

Jaxson me porte à l'intérieur, me pose sur le canapé et éteint l'alarme avant de verrouiller la maison.

— Tu veux aller directement au lit, ou tu as faim ?

Je peux à peine garder les yeux ouverts.

— Dormir me paraît merveilleux. Je peux juste me coucher sur le canapé.

Je me déplace pour m'étirer.

— Izzie va bientôt se lever, me rappelle Jaxson. Et si je t'emmenais au lit et te bordais ?

— Et toi ?

Je ne veux pas être loin de lui. Je sais que c'est probablement la combinaison des hormones et du traumatisme de ce que j'ai vécu, mais je me sens incroyablement en manque d'affection.

Je déteste ce que je ressens, comme si je ne veux plus jamais être seule.

— Je suis crevé. Je me coucherai dès que j'aurai dit à Declan que nous sommes rentrés. D'accord ?

———————

— Tu es rentrée, dit Delphine, un sourire chaleureux sur le visage. Je suis heureuse que tu ailles bien. L'ami de ton copain m'a raconté ce qui s'est passé. Declan, c'est ça ?

Mon copain.

Je souris faiblement en entendant ma sœur appeler Jaxson par ce terme. Nous ne nous sommes pas mis d'étiquettes.

— Oui, désolé de t'avoir raté à l'aéroport.

Delphine agite la main avec indifférence.

— Ce n'est pas un problème. Je veux dire, avec ce que tu as traversé, n'y pense même pas. (Elle se rapproche de moi sur le canapé.) C'est vrai que Ben était derrière ton enlèvement ?

Je pousse un lourd soupir. Je ne suis pas sûre d'être prête à en parler, mais il semble que Declan l'a mise au courant de ce qu'il savait à ce moment-là.

Je ne lui en veux pas. Il a dû lui dire quelque chose, et c'est mieux qu'elle sache la vérité.

Au moins, elle ne me détestera pas pour ne pas être venue alors que je lui avais promis d'aller la chercher.

— Ce n'est pas grave si tu ne veux pas en parler, dit Delphine. (Elle se lève et se dirige vers la cuisine.) Je vais me prendre une tasse de café. Tu en veux ?

— Je ne peux pas, dis-je.

Je dois faire attention à tout ce qui augmente mon rythme cardiaque, encore plus avec la grossesse.

— Oh, c'est vrai.

Delphine présume que c'est à cause de mon état de santé. Elle a eu la chance d'avoir de bons gènes.

Pas moi.

Nous n'avons encore parlé du bébé à personne. Je ne veux pas nous porter la poisse.

— Je suis contente que tu sois venue. C'est bon de te voir, dis-je.

Les choses sont toujours tendues, mais au moins elle essaye. J'ai eu l'impression d'être la seule qui faisait des efforts depuis la première arrestation de Ben, plus d'un an auparavant.

Delphine passe un bras autour de moi, me faisant un câlin bien nécessaire et longtemps attendu.

— Sœurette, il n'y a aucun autre endroit où j'aimerais être. Je suis désolée d'avoir écouté mon stupide mari. J'aurais dû le plaquer et venir ici plus tôt.

Je ris doucement.

— Ce n'est pas grave. L'amour nous fait faire des choses stupides.

— Tu m'en diras tant, dit Delphine avec un sourire.

— Qu'est-ce qui t'a décidé à venir ici maintenant, après tout ce temps ? je demande.

Ça ne peut pas être juste parce qu'elle a réalisé que Ben est un con.

Le sourire de Delphine disparait de ses lèvres.

— La vérité est que ton copain m'a appelé.

— Quoi ? Mon estomac se noue.

Pourquoi Jaxson ferait-il ça ?

— Il m'a appelé pour me raconter comment, il y a quelques mois, tu as été kidnappée par Ben, et il m'a demandé de venir te voir. J'aurais dû venir plus tôt.

Je veux être en colère contre Jaxson pour être intervenu, mais je comprends ce qu'il veut faire. Ses intentions sont bonnes, mais je ne suis pas heureuse qu'il l'ait fait dans mon dos.

— Je n'arrive pas à croire qu'il t'ait appelé, dis-je.

— Il n'aurait pas eu besoin de m'appeler si tu m'avais dit que Ben t'avait enlevée, dit Delphine. Je veux juste que tu me fasses confiance. On est une famille, et je sais que je n'ai pas toujours été là pour toi. Je suis désolée.

— C'est le passé.

Je veux lui pardonner et passer à autre chose. Elle est là maintenant, et c'est ce qui compte, non ?

On se retrouve enfin.

— Ben est encore en prison ? demande Delphine. Ils l'ont attrapé ? Declan m'a expliqué que Ben faisait partie d'un réseau de trafic d'êtres humains.

— Jaxson et l'équipe le traquent au moment où on parle.

Ses sourcils se froncent.

— Ils vont l'attraper, n'est-ce pas ?

Je ne me sentirai jamais en sécurité tant qu'il ne sera pas arrêté et derrière les barreaux.

CHAPITRE TRENTE-HUIT

Jayden

Je ne suis pas emballé à l'idée de revenir ici sans arme.

Jaxson a insisté pour que je porte une oreillette et un micro qui transmettent tout ce que je dis à l'équipe de Tactique de l'Aigle.

Ils veulent coincer Enzo Ricci et, plus important, trouver Benjamin Ryan.

Approchant de la porte d'entrée du luxueux manoir d'Enzo, je me tiens devant la porte, la paume levée.

Je toque fermement et attends.

Le silence est la seule réponse que je reçois.

— Don Ricci ? Je toque à nouveau et je sonne à la porte.

Toujours pas de réponse.

Je descends du porche et jette un coup d'œil par la fenêtre. Les lumières sont éteintes. Il n'y a aucun signe de vie à l'intérieur.

Trois voitures sont garées devant la propriété, mais la voiture que je sais qu'il conduit régulièrement, la Lotus Evora bleu électrique, n'est visible nulle part.

— Il n'est pas là, dis-je à Jaxson et à l'équipe.

Ils m'ont envoyé en mission mais ne sont pas loin, écoutant le micro depuis leur camion. Ils sont en attente, si j'ai besoin de renfort.

— Tu as d'autres liens avec la famille Ricci. Appelle-les.

Le ton de Jaxson est ferme et me fit frissonner.

— Ouais, je m'en occupe.

Je pousse un gros soupir et sors mon téléphone de ma poche. Je fais défiler mon téléphone et m'arrête quand je tombe sur le nom de Dante Ricci.

C'est le second d'Enzo.

Nous avons fait des affaires ensemble, et c'est lui qui m'a informé de ce qui se passait quand Enzo m'avait chassé de la fête et avait pris possession de Skylar.

Mon sang bouillonne rien qu'en pensant à la façon dont ils nous ont traités, elle et moi, comme des pions.

Dante décroche à la première sonnerie.

— Je ne m'attendais pas à avoir de tes nouvelles, dit Dante.

— J'ai besoin de te voir.

Je ne veux pas faire ça au téléphone.

J'attends un moment. Le silence occupe la ligne téléphonique.

— Dante ?

A-t-il raccroché ?

— Je viendrai au bar, dit Dante. Vingt minutes.

Il me faut vingt-cinq minutes pour me rendre au bar où je travaille. Je raccroche et me précipite vers mon véhicule.

— Dante m'a demandé de le retrouver au bar, dis-je.

Il n'y a qu'un seul bar à Breckenridge.

— On est en route, répond Lincoln dans le système de communication.

— Super, je marmonne.

C'est exactement ce dont j'ai besoin, toute l'équipe de Tactique de l'Aigle et la mafia en tête à tête.

Mon pied est comme du plomb sur la pédale, filant sur les routes de gravier, soulevant des pierres et de la terre dans un nuage de poussière derrière moi.

Je me hâte vers le bar. Je n'aurais pas dû être surpris que Dante veuille me rencontrer là-bas. C'est, après tout, leur territoire.

Dante possède le bar, il y blanchie de l'argent, et c'est comme ça qu'il a gagné du pouvoir avec Enzo, en gagnant sa confiance en tant que second.

Qu'est-il arrivé à Enzo ?

Est-il au bar avec Dante en ce moment ? C'est pour ça qu'il m'a demandé d'y aller ?

Je me gare devant et coupe le moteur. En soufflant un grand coup, je regarde dans la boîte à gants pour trouver une arme.

Je glisse le Glock dans la ceinture de mon pantalon avant de sortir et de me diriger vers la porte d'entrée du bar.

Les charnières sur le bois lourd grincent quand je l'ouvre.

Dans la banquette d'angle, la partie la plus sombre du bar, Dante est assis dos au mur, le regard fixé sur la porte.

Jaxson et Lincoln sont assis au bar, tous deux avec un verre à la main, mais ils ne semblent pas boire.

L'endroit est pratiquement vide.

Dante m'a attendu.

Depuis combien de temps est-il ici ?

Dante boit une bouteille de bière froide. Ses doigts caressent le verre.

— C'est gentil de te joindre à moi, dit-il.

Je grimpe dans la banquette et m'assois en face de lui. Je ne suis pas à l'aise avec mon dos à la porte. J'ai l'impression que quelqu'un pourrait arriver par derrière et que je ne le verrai pas.

Mais Jaxson et Lincoln sont à quelques mètres de moi. Ils me couvriront.

Du moins, j'espère qu'ils le feraient. Je ne les ai pas vraiment aidés ces derniers temps.

J'essaye de me racheter et de faire les choses comme il faut.

— Enzo n'a pas répondu à sa porte, dis-je.

Dante hausse les épaules et sirote sa bière.

— Je suppose qu'il n'est pas chez lui.

Eh bien, c'est énigmatique.

— J'ai des questions, dis-je. Pour commencer, vous m'avez tous trahi, en enlevant ma fiancée et en la livrant à l'ennemi.

Dante lève une main.

— Était-ce vraiment ta fiancée ?

A-t-il compris la supercherie ?

— Où est Benjamin Ryan ? je demande, ignorant la question de Dante et changeant de sujet.

— Tu veux dire le rat, marmonne Dante tout bas. A toi de me le dire. Tu l'as engagé.

Les yeux de Dante se crispent et tressaillent.

— Tu sais où il est, dis-je en me penchant en avant. Dis-le-moi, et je te sortirai de ce merdier qu'Enzo et Angelo ont créé pour eux-mêmes.

Il prend une autre gorgée de sa bière.

— Ils ont creusé leurs tombes. J'ai toujours dit à Enzo de ne pas faire affaire avec Angelo. On ne peut jamais faire confiance à un autre Don, mais Enzo était tout en muscle et sans cerveau.

Était ?

Se rend-il compte qu'il parle de lui au passé ?

— Enzo est mort ? je demande.

Dante ne répond pas à ma question. Du moins pas directement.

— Il a récolté ce qu'il a semé.

— Et Ben ? je demande. Il a trahi la famille Ricci. Ça a un prix.

Dante a fini sa bière et a fait signe au barman de lui en donner une autre. Il attend que nous soyons à nouveau seuls avant de parler.

— Sais-tu qu'Enzo te soupçonnait d'être le traître ?
demande Dante.

Je tiens ma langue, ne voulant pas révéler qu'Enzo
avait raison. Je l'ai trahi pour sauver ces filles, mais je
n'ai pas été le seul. Ben nous a tous trahis.

— Si je l'étais, est-ce que je serais venu te voir ? je
demande. Ça serait du suicide.

— La vérité est que je n'ai jamais aimé les activités
récentes d'Enzo. (Il souffle et secoue la tête. Sa lèvre
supérieure se retrousse de dégoût.) Je ne suis pas un
saint, mais les choses vont commencer à s'arranger
ici, et tu peux être sûr que les hommes de DeLuca
seront chassés de la ville.

Est-ce une menace ?

— Tu es le nouveau Don, dis-je, en réalisant que
Dante a pris le contrôle de la famille Ricci.

Non seulement il était second, mais il a aussi les
hommes d'Enzo derrière lui, une armée qui le
soutient.

— Tu as de la chance que je t'aime bien, dit Dante.
Mais je n'ai plus confiance en toi pour être mon
associé. C'est Enzo qui voulait t'engager. Tu peux

venir prendre un verre avec moi, mais tu vas devoir trouver un autre emploi.

Ça me convient.

— On ne te laissera plus kidnapper de femmes ou d'enfants.

Je veux qu'il soit clair que je ne vais pas le laisser faire du mal à quelqu'un d'autre à Breckenridge.

Dante rit doucement.

— Comme je l'ai dit plus tôt, je n'étais pas un fan des activités commerciales d'Enzo et je n'ai pas l'intention de continuer ses jeux. J'ai d'autres affaires qui ont attiré mon attention et dont je n'ai pas envie de discuter avec toi.

Il prend une nouvelle gorgée de sa bière avant de poser la bouteille avec force contre la table.

— Ta fiancée, ou qui qu'elle soit, je n'ai aucun désir pour elle. Tant qu'elle ne prononce pas mon nom, tu peux être sûr que mes hommes vous laisseront tranquilles.

— C'est une menace ?

Si Skylar témoigne contre Dante, va-t-il mettre sa vie en danger ?

Dante sourit.

— De la façon dont je le vois, je n'ai rien fait de mal. Enzo a enlevé ta fiancée, et tu as engagé Ben. J'ai les mains propres.

— Où est Ben ?

Je suis venu ici pour localiser Benjamin Ryan, et je n'ai pas eu le moindre détail sur l'endroit où le retrouver.

— A toi de me le dire, il a trahi la famille Ricci pour la famille DeLuca. Les rats finissent toujours par mourir, mais je ne l'ai pas tué. Il n'a pas été massacré dans le carnage ?

J'ouvre la bouche mais la ferme tout aussi rapidement. Ben est pourri, mais je ne suis pas non plus un saint. Le fait que je ne sois pas allé en prison et que j'ai changé de vie relève du miracle.

— Si je mets la main sur Ben, c'est un homme mort. Et encore, peut-être que je devrais le remercier. Avec Don DeLuca hors-jeu, Sergio mort, et ses gardes éparpillés sur la propriété, mon nouvel ennemi est le second d'Angelo, Gino, et il est trop vieux pour être en première ligne. C'est comme si être Don m'avait été offert. Et dans peu de temps, les DeLuca seront sous mon contrôle. Je suppose que je dois vous remercier, toi et ta jolie petite équipe, pour ça ?

Dante lève sa bière pour dire « santé » à Jaxson et Lincoln qui sont assis au bar.

— Le mieux, c'est que j'ai des vues sur la fille de Gino, Nicole. Cette chaudasse, je vais lui mettre la main dessus et la ruiner.

CHAPITRE TRENTE-NEUF

ARIELLA

Je n'arrive toujours pas à croire le médecin de l'hôpital. Il doit se tromper.

Enceinte ?

Comment puis-je être enceinte ? Je veux dire, oui, nous n'avons pas été prudents à cent pour cent, mais on m'a assuré que je ne pouvais pas retomber enceinte.

Ma dernière, et unique, grossesse avec mon fils a été difficile. Il est né prématurément et n'a pas survécu à la vie en dehors des soins intensifs.

L'inquiétude m'a envahie et, bien que Jaxson m'ait accompagnée chez un obstétricien, un neurologue et une sage-femme, tous m'ont confirmé que je me porte bien, ont ajusté les médicaments que je prends et m'ont assuré que le bébé est en bonne santé d'après tous les tests qu'ils ont effectués.

Être alitée n'est pas une obligation tant que je me ménage, que je ne subis pas trop de stress et que mon rythme cardiaque reste dans les limites de la normale.

Les médecins nous ont également assuré, à Jaxson et à moi, que nous pouvons avoir des rapports sexuels, à condition de veiller à ne rien faire de trop fatigant, et ils ont recommandé un lit, n'importe quoi qui me permettra de rester assise ou allongée.

Mes joues étaient rouges de gêne. Mais Jaxson a eu l'air de prendre mentalement des notes lors des rendez-vous, découvrant ce qu'il peut et ne peut pas faire avec sa petite amie enceinte.

Jaxson insiste pour que je surveille constamment mon rythme cardiaque, ce qui n'est pas compliqué avec une smartwatch. Il est plus qu'un peu surprotecteur, mais j'apprécie son intérêt.

D'ailleurs, il n'est pas le seul à s'inquiéter de la santé du bébé.

Comment ne pas avoir de craintes après la dernière fois que j'ai été enceinte ? La bonne nouvelle, c'est que les symptômes chroniques qui me tourmentent sont minimes au cours de mon deuxième trimestre. La grossesse m'a au moins temporairement permis de me sentir mieux.

Je peux me déplacer plus facilement sans que mon cœur ne s'emballe lorsque je me tiens debout. Bien que mon estomac soit noué, c'est à cause de l'inquiétude que je ressens pour notre enfant et non à cause des pics d'adrénaline auxquels je suis habituée.

Alors que nous nous blottissons dans le lit, la main de Jaxson effleure mon ventre qui grossit petit à petit. Je n'ai pas encore senti notre petite citrouille, mais ce n'est qu'une question de temps.

Je me retourne sur le dos, et Jaxson soulève l'ourlet de mon t-shirt, déposant de doux baisers sur mon ventre.

— Je ne t'ai jamais vu aussi empressé d'embrasser mon ventre, lui dis-je en le taquinant.

Ses longs cils noirs papillonnent en me souriant.

— Je vais devoir rectifier ça, Taches de rousseur.

Son touché est doux et léger et fait naître dans mon estomac un millier de papillons.

Mes yeux s'écarquillent, réalisant que ce ne sont pas mes nerfs ou son toucher qui m'excitent. Enfin, ça aussi. Mais c'est le bébé.

— Oh mon dieu ! Tu as senti ça ? je demande, en fixant Jaxson dans les yeux.

— Le bébé aime mon attention.

— Quelle personne saine d'esprit ne l'aimerait pas ? je demande.

Mes doigts se glissent dans les cheveux de Jaxson, caressant son cuir chevelu. J'ai presque peur de l'admettre, mais j'aime être enceinte.

Jaxson me fixe. Son souffle effleure mon ventre. Sa main se pose sur la petite bosse.

— Ça te va bien, dit-il. Le dicton est vrai, une femme enceinte rayonne.

Je lève les yeux au ciel et fronce le nez.

— Je ne suis pas sûre de croire ça, dis-je en riant. Mais tu dois savoir que les symptômes auxquels je suis habituée - les problèmes de rythme cardiaque, les nausées, toutes les mauvaises choses chroniques - semblent aller mieux. Comme si le fait d'être enceinte m'avait guérie. Je veux dire, c'est probablement fou et absurde, mais si je me sentais toujours aussi bien, je serais heureuse d'être constamment enceinte.

Il fait un sourire en coin.

— Donc, on va avoir un troupeau de petits Monroe courant partout ici ?

Je lui tape sur le bras.

— Ce n'est pas du bétail ! Je secoue la tête en riant, c'est bon de ne pas avoir à cacher notre relation ou le fait qu'il est le père de ma petite citrouille.

— Un peloton ? Il sourit. Je pourrai avoir ma propre petite armée de Tactique de l'Aigle.

— Tu es horrible ! Je pointe mon doigt vers lui. Tu ne donneras à nos garçons et à nos filles aucun entraînement militaire. Ce sont des enfants.

Jaxson se penche et dépose un doux baiser sur mon front.

— Je sais. Je voulais dire quand ils seront plus âgés. Pas de simples garçons, mais des hommes adultes. Donc, genre quand ils auront treize ans.

— Oh, mon Dieu, je murmure.

Ses doigts chatouillent mes hanches pendant qu'il remonte mon t-shirt, me déshabillant.

— Encore un avantage. Il sourit, admirant mes seins ronds. Je pourrais m'habituer à te garder enceinte et pieds nus dans la cuisine.

— J'espère que tu plaisantes !

Je lui envoie ma main, il m'attrape le poignet et me plaque sur le matelas.

— Peut-être qu'on devrait essayer de faire un autre frère ou une autre sœur, me taquine Jaxson.

Je lève les yeux au ciel.

— Tu sais que ça ne marche pas comme ça. Tu ne peux pas mettre une femme enceinte en cloque.

— Vraiment ? Il penche la tête sur le côté en riant. Tu es sûre ? Je pense que l'on doit tester cette théorie.

Son souffle fait s'écarter mes lèvres. J'en veux plus. Ses doigts me caressent, déshabillant mon short de pyjama et ma culotte.

— Quand es-tu devenu un scientifique ? dis-je en continuant à plaisanter.

Pour la première fois depuis longtemps, je me sens libre, en sécurité et inconditionnellement aimée.

Mes doigts poussent son caleçon. Je le fais descendre le long de ses hanches et je sens le lit bouger lorsqu'il jette le tissu en coton sur le sol.

— Tu n'as pas eu le mémo ? Les gars de Tactique de l'Aigle et moi sommes tous...

— Arrête-toi là. (Je lève une main.) Je ne sais pas où ça va mener, mais tu es le seul qui testera cette théorie avec moi.

Jaxson sourit. Ses joues rougissent.

— Ce n'est pas ce que je suggérais !

— Bien, parce que je ne veux qu'un seul homme pour le reste de ma vie.

La confession sort avant même que je ne réalise ce que je dis.

Il ressent la même chose pour moi, non ?

— Bien, parce que c'est exactement ce que je veux. Toi et Izzie. Les deux filles qui se disputent mon attention.

— Oui, eh bien, c'est complètement différent. Izzie peut avoir ton attention. (Un sourire se répand sur mon visage alors que mes doigts passent en douceur sur sa poitrine et descendent vers ce que je vise.) J'ai ton corps.

— Donc c'est tout ce que je vaux pour toi, le sexe ? demande Jaxson.

Il rit, ne semblant pas le moins du monde contrarié ou en colère.

— Eh bien, ce n'est pas tout ce que tu vaux. Ton esprit est sexy aussi. Je lui souris. Viens ici et embrasse-moi.

Ses lèvres se posent sur les miennes, son souffle chaud et réconfortant, son corps rendant mon intérieur douloureux avec ses douces caresses et ses doux baisers. Il est un expert pour me rendre agitée et pleine de désir.

Nous roulons dans le lit, rivalisant pour le contrôle. Des mains chaudes et fortes caressent chaque centimètre de ma peau, m'enflammant.

Je ne peux plus supporter ses provocations. Ma main descend pour le caresser, le toucher, et le guider dans mon intimité.

J'ai besoin de lui comme j'ai besoin d'air pour respirer.

— S'il te plaît, je murmure, voulant que cette danse entre nous s'accélère.

Je ne me suis jamais sentie aussi désespérée de ma vie, désirant quelque chose au point de penser que je pourrais mourir si je ne l'ai pas.

Ses yeux sont brillants et larges. Sa bouche couvre la mienne alors que je gémis.

Nous devons être silencieux.

Izzie est dans son lit, et nous ne voulons absolument pas la réveiller.

Sa chaleur me remplit, et ses mains s'agrippent aux miennes alors qu'il commence à bouger lentement, savourant chaque moment ensemble.

— Mon Dieu, tu vas me tuer, je murmure.

La sueur recouvre ma peau.

Mon cœur bat contre ma poitrine, mais c'est bon.

Satisfaisant.

— Encore, je grogne.

Peut-être que ce sont les hormones et le fait que je suis enceinte, mais je ne semble pas pouvoir me passer de Jaxson. Mes ongles effleurent son dos et descendent jusqu'à ses fesses, l'attirant plus près, le revendiquant comme mien.

Son rythme s'accélère, sentant mon urgence et mon besoin.

Tout en moi est douloureux.

Mon intimité tremble et palpite tandis qu'il me remplit, me nourrit et me satisfait.

Les orteils recroquevillés, je m'accroche à lui, les yeux fermés, alors que des feux d'artifice dansent au-dessus de mes yeux. Essoufflée, haletante, je le serre fort alors qu'il finit avec moi.

Il est rapide à se retourner et à me tirer contre lui.

— Je ne veux pas t'écraser ou blesser le bébé.

— Tu ne le feras pas, dis-je en riant doucement. Notre petite citrouille est bien protégée.

Je tapote doucement la légère bosse de mon ventre.

Lovée contre Jaxson, mes doigts dansent dans ses cheveux, mes yeux ne quittant pas les siens.

— Ta sœur, Skylar, veut m'organiser une fête pour le bébé. Enfin, nous.

— Non.

— Allez. Elle essaie de se racheter, dis-je.

Ses yeux tremblent.

— Ce qu'elle a fait, c'est impardonnable.

C'est un homme têtu. Je dois le reconnaître.

— Oui, mais elle essaie de se rattraper. C'est ta sœur. Tu n'as pas pardonné à Jayden ? je demande.

— C'est différent.

Jaxson a offert à Jayden une place dans l'équipe de Tactique de l'Aigle. J'ai été étonnée qu'il l'invite à les rejoindre et encore plus choquée d'apprendre que Jayden a accepté l'offre.

— Comment ça ? je demande.

— Je m'attendais à ce que Jayden me trahisse.

Je me redresse légèrement dans le lit. Mes doigts se figent dans ses cheveux.

— Tu es tellement stupide.

Je prends l'oreiller et lui donne un coup avec.

— Tu ne viens pas de me frapper avec un oreiller.

— Oh, si, je réponds. Et tu ne peux pas renvoyer le coup à ta fe- petite amie enceinte.

Jaxson m'attrape par les hanches et me glisse sous lui, me chevauchant. Ses mains chatouillent mes hanches.

— Ce n'est pas ce que tu allais dire.

Je garde la bouche fermée. J'ai les yeux écarquillés et j'essaye désespérément de ne pas rire trop fort et de ne pas réveiller Izzie, à côté.

— Tu ne sais pas ce que j'allais dire, je réplique.

Les mains de Jaxson s'arrêtent sur mes hanches.

— C'est vrai ? On aurait dit que tu étais sur le point de te désigner comme ma femme enceinte.

Son regard se plante dans le mien.

Merde.

Il l'a dit.

Il a dit ce que j'ai désespérément essayé de ne pas dire et qui m'a échappé par inadvertance. Ça me semble naturel, bien plus familier et mieux que mon premier mariage.

J'ai juré de ne jamais me remarier. Et je l'ai pensé jusqu'à ce que je rencontre Jaxson.

Nous attendons une citrouille ensemble.

Je peux encore entendre la voix de Jaxson dans ma tête. Les premiers mots qu'il a prononcés quand j'ai appelé le bébé « citrouille ». *Tu te moques de moi !* Il a fini par comprendre que c'est un mécanisme de défense et un moyen de parler du bébé sans que je craigne de nous porter la poisse.

Il a été partant parce qu'il est Jaxson Monroe, et qu'il ferait n'importe quoi pour ceux qu'il aime.

— Eh bien ? Jaxson sourit.

Il me regarde fixement, attendant ma réponse.

— Je ne t'ai pas entendu faire ta demande, je réplique.

On est deux à pouvoir jouer à ce jeu.

— Je ne vais pas le faire.

Mon sourire disparait de mon visage.

Wow. Il l'a dit.

J'essaye d'échapper à son étreinte, mais il ne me laisse pas faire.

Des larmes troublent ma vue. La pièce est chaude, étouffante.

— Laisse-moi me lever, je halète.

J'ai besoin de bouger, de sortir du lit, de courir à la salle de bain.

Et faire quoi ?

Pleurer ?

Me cacher ?

Je me sens comme une idiote.

— Ariella, regarde-moi.

Ma lèvre inférieure tremble, et il oriente mon menton pour que je croise son regard.

— Je ne vais pas te demander en mariage tant que je ne sais pas si tu vas dire oui.

— Quoi ?

L'ai-je bien entendu ?

Je repousse mes larmes en clignant des yeux. Maintenant, je me sens comme une loque. Encore plus que l'instant d'avant, quand je pensais qu'il avait dit qu'il ne voudrait jamais m'épouser.

— Je veux que ce soit une grande et belle expérience, et je ne veux pas que tu fasses exploser mon ego en disant non.

Jaxson sourit en me regardant fixement.

J'essuie l'unique larme qui a coulé sur mon visage.

Je suis un désastre. Une femme enceinte et pleine d'hormones. Ce qui est la faute de Jaxson. Mais même comme ça, il a été doux et gentil, et j'ai tiré des conclusions hâtives.

— Je t'épouserai à une condition, dis-je, en le regardant fixement à travers des yeux brillants.

Il me fixe et attend que je continue.

— Tu te réconcilies avec Skylar.

Jaxson geint comme un enfant en se mettant à cheval sur mes hanches.

— Aww, allez. Après ce qu'elle vous a fait à toi et à Izzie ? Comment je suis censé lui pardonner ?

— Elle essaye. Peut-être petit à petit, dis-je. C'est ta famille, et je sais qu'elle a été égoïste et qu'elle a mis toutes nos vies en danger, mais j'ai fini par lui pardonner.

— Vraiment ? Tu ne la détestes pas le moins du monde ? demande Jaxson.

Je ne vais pas lui mentir.

— Oh, je suis toujours en colère contre elle, mais je surmonte ma colère. Tu as pardonné à Jayden. Il est temps pour toi de pardonner à Skylar.

Il expire bruyamment par le nez.

— Je ne sais pas, Taches de rousseur. Tu m'en demandes beaucoup.

Je ris de l'absurdité de la situation.

— Et t'épouser sera un jeu d'enfant ? Je souris en le regardant.

— Bien sûr, ça le sera. Je serai ton chevalier en armure, dit Jaxson. Je te soulèverai et te porterai pour franchir le seuil de la porte.

— Ouais, c'est ça, avant de me cogner la tête contre un mur. J'ai déjà vu les films. Non merci.

Jaxson se penche vers le bas. Ses lèvres effleurent les miennes.

— Et si j'y réfléchissais ?

— Quoi ? A m'épouser ?

— Non, idiote. Pardonner Skylar, dit Jaxson. Je veux définitivement t'épouser.

— Bien, parce qu'elle organise la fête prénatale. Elle sera là samedi prochain. Tu pourras arranger les choses avec elle.

Une partie de moi déteste toujours Skylar pour ce qu'elle a fait, mais je comprends qu'elle a été forcée d'aider Ben, sinon Angelo DeLuca l'aurait vendue comme esclave aux enchères. Sa vie en dépendait, et alors qu'elle n'avait pas l'intention de kidnapper quiconque d'autre que moi, espérant que je pourrais nous sauver toutes les deux, son plan a implosé.

Du moins, c'est l'histoire qu'elle m'a racontée quand on s'est assises au café pour parler.

— Ok, mais si elle te regarde juste de travers, elle s'en va, dit Jaxson.

— Bien. (Je me penche vers lui et pose mes lèvres sur les siennes.) Je n'en attends pas moins de l'homme que j'aime.

ÉPILOGUE

JAXSON

Tout est à sa place. Ariella a accouché d'une petite fille en bonne santé que nous avons appelée Olivia Monroe.

Izzie est ravie d'avoir une petite sœur, mais n'a pas encore compris pourquoi elle ne peut pas jouer à la dinette ou la pousser sur les balançoires.

Harper a eu la surprise d'avoir des jumeaux. Les médecins ont été choqués de découvrir au troisième trimestre qu'il y avait un deuxième bébé, un garçon qui se cachait derrière sa sœur.

Harper a été ravie de la nouvelle.

Lincoln a bien caché sa panique initiale, et lorsque les jumeaux sont nés, ils ont géré la situation ensemble comme des pros.

En plus, Harper reçoit encore des redevances de sa carrière dans le cinéma, et ils peuvent se permettre d'engager une nounou pour les aider avec les jumeaux.

Un coup ferme retentit à la porte d'entrée.

— Juste une seconde ! je crie, en tenant la petite Olivia dans mes bras.

Elle est plus mignonne que n'importe quelle citrouille sur laquelle j'ai posé les yeux.

Je jette un coup d'œil par le judas, surpris de voir le shérif Nelson de l'autre côté.

Je désactive l'alarme et déverrouille la porte d'entrée, le saluant.

— Shérif, je ne m'attendais pas à te voir, dis-je.

— Je voulais t'apporter la nouvelle en personne.

Ça a intérêt à être de bonnes nouvelles. Je ne peux pas gérer quelque chose de terrible.

— Oui ? je demande.

Ma bouche est sèche, déshydratée.

— C'est ta petite ? demande le shérif Nelson, en gazouillant à Olivia.

— C'est bien elle. Shérif Nelson, s'il te plaît, dis-moi que c'est une bonne nouvelle que tu as.

— C'en est une. (Il hoche fermement la tête.) Nous avons retrouvé la trace de Ben Ryan la nuit dernière. Nous avons reçu un tuyau anonyme et l'avons découvert cloué à un mur avec son propre pistolet à clous.

Je fais de mon mieux pour avoir l'air surpris.

— Wow.

Je n'ai pas dit à Ariella que les garçons et moi avions localisé Ben la nuit dernière, qu'on a joué un peu avec lui, puis qu'on a appelé la police locale pour s'assurer qu'il survivra pour être jugé.

— Tu n'as pas l'air si surpris, dit le shérif Nelson.

— Non, je le suis. Je suis soulagé que ce soit enfin terminé.

Je fais rebondir Olivia alors qu'elle commence à s'agiter dans mes bras.

Ma fille a-t-elle senti ma frustration et ma colère envers Ben ? Je n'ai pas voulu inquiéter Ariella ; c'est pour cela que je ne lui ai pas dit que nous l'avons traqué jusqu'à un hangar dans lequel il vivait, à côté de chez nous.

Il avait élu domicile dans la cabane de l'ancienne propriété d'Ariella.

Nous a-t-il suivi ?

Attendant le bon moment pour enlever nos enfants ou blesser ma fiancée ? J'ai refusé de rester immobile et d'attendre qu'il détruise nos vies, encore une fois.

— Il a été arrêté et accusé d'enlèvement, de mise en danger d'enfants, de tentative de meurtre, de trafic de femmes à travers les frontières de l'État, la liste est longue, explique le shérif.

— Je suis juste content que vous ayez enfin attrapé ce type.

Le sourcil du shérif se contracte.

— J'espère vraiment que tu n'étais pas impliqué, Monroe.

— Je suis sûr que tu as demandé à Ben et qu'il t'a dit la vérité.

Le shérif Nelson lève les yeux au ciel.

— Comme ils le font toujours. Bref, j'ai déjà parlé avec Skylar Monroe, Hazel Agron, et Harper Madison. Elles ont toutes accepté de témoigner contre Benjamin Ryan. Ta femme, Ariella Monroe, a été kidnappée deux fois par Ben. Son témoignage aiderait beaucoup à le garder enfermé indéfiniment.

— Je vais le faire, dit Ariella alors qu'elle passe du couloir au salon.

Je ne l'avais pas entendu arriver.

Merde.

A-t-elle entendu comment il a été trouvé, cloué au mur ?

— Tu es sûre ? Je jette un regard en arrière à Ariella.

— Oui, je dois m'assurer qu'il ne sortira plus jamais de prison.

Je serai là pour Ariella à chaque étape du processus.

— Ok. Et pour Enzo Ricci ? je demande au shérif. On a des nouvelles de lui ?

Alors que j'ai dû faire une déposition avec les gars de Tactique de l'Aigle sur Angelo et Sergio DeLuca,

Enzo était impliqué. Il a remis ma sœur à Angelo sans son consentement et a déclenché toutes ces circonstances.

— Il est parti. Disparu, pour autant qu'on sache. Il a quitté la ville, et personne ne l'a vu ou n'a entendu parler de lui. Du moins, personne ne parle. On soupçonne un acte criminel. Il est possible qu'un des hommes de DeLuca l'ait croisé et tué, mais on n'a retrouvé aucun corps et il n'y a pas de scène de crime apparente.

— Il est toujours dehors, dit Ariella.

Elle croise ses bras sur sa poitrine.

— Je ne m'en inquiéterais pas. Il sait que le shérif local et les fédéraux sont à sa recherche. S'il est malin, il a quitté la ville, s'est envolé vers un autre pays qui n'a pas d'extradition. Les fédéraux ont signalé son passeport, mais un gars comme lui, il ne prend pas de vol commercial.

D'après la conversation de Jayden avec Dante, je soupçonne Enzo d'être mort.

La mafia sait comment couvrir et détruire les preuves.

Personne ne trouvera Enzo, jamais.

— Et le réseau de trafic d'êtres humains ? je demande.

Nous avons remis les informations que nous avons rassemblées, et les témoignages d'Ariella, Hazel et Jayden sont suffisants pour mettre la famille DeLuca hors d'état de nuire.

Dante Ricci est toujours là, mais il a juré qu'il avait pris une autre direction pour ses activités.

Olivia commence à s'agiter, et Ariella intervient, la prenant de mes bras pour la nourrir.

— Plus aucune livraison n'entre et ne sort de Breckenridge. On a des fédéraux qui surveillent Gino DeLuca et Dante Ricci. Si l'un d'eux dérape, et ça arrivera, il suffit d'attendre un peu, on sera sur leur dos.

— Merci, dis-je, soulagé d'entendre que tout ça est enfin derrière nous.

La mafia blanchis probablement encore de l'argent, vend de la drogue ou des armes, mais au moins ce ne sont pas des êtres humains.

Je raccompagne le shérif dehors et ferme la porte derrière lui, en réactivant l'alarme. On n'est jamais trop prudent.

— Tu es sûr que tu veux témoigner contre Ben ? je demande.

Ariella est assise sur le canapé et nourrit notre petite fille qui est blottie dans ses bras.

— Je ne vois pas d'autre choix. J'ai besoin de garder ma famille en sécurité, et la meilleure façon de le faire est d'enfermer ce bâtard derrière les barreaux.

Izzie descend les marches, deux par deux, sautant comme un kangourou avant de se dépêcher de s'asseoir à côté de sa petite sœur.

— Maman, c'est quoi un bâtard ? demande Izzie.

Merde.

Certaines choses ne changeront jamais.

Merci à vous d'avoir lu Clandestine : Jayden. J'espère que vous avez apprécié toute la série Aigle Tactique.

Vous voulez découvrir davantage Dante et la famille Ricci ?

Vœu Secret, le premier livre de la série Mariages Mafieux, est plus chaud et plus sombre, mais chaque livre vous réserve une fin heureuse !

Il y aura même une apparition spéciale de l'un des personnages principaux de la série Aigle Tactique. Mais ne vous inquiétez pas, je vous promets de ne pas détruire sa fin heureuse.

Elle veut sa liberté et tout ce que je veux, c'est elle...

Nicole DeLuca est la fille du plus grand patron du crime de la côte ouest. Ai-je mentionné que son père, Gino DeLuca, est mon ennemi ?

J'ai couché avec Nikki et je n'arrive absolument pas à l'oublier. J'ai gardé un œil sur elle, pour m'assurer qu'aucun autre homme ne l'approche.

Je les chasserai comme la bête que je suis pour la protéger.

Comme un oiseau en cage, elle cherche désespérément la liberté. Nikki fait le mur, mais se fait enlever et vendre comme épouse.

Même dans la pièce la plus sombre, le coin le plus sale du monde, je la reconnais. C'est ma petite colombe.

Je l'achète. La possède. La sauve.

Sauf qu'elle ne le voit pas de cette façon...

Elle veut sa liberté et tout ce que je veux, c'est elle et ce bébé.

Achetez en un clic VŒU SECRET maintenant !

Et inscrivez-vous à ma newsletter pour être informé des nouveaux livres, des concours et des offres gratuites : www.authorwillowfox.com/subscribe

J'apprécie votre aide à répandre le message, y compris en en parlant à des amis. Les avis aident les lecteurs à trouver des livres ! Veuillez laisser un avis sur votre site de livres préféré.

CONCOURS, LIVRES GRATUITS ET PLUS DE CADEAUX

J'espère que vous avez apprécié CLANDESTINE et que vous avez été satisfait de la fin heureuse pour Jaxson, Ariella et l'équipe de Aigle Tactique.

Bien que ce soit ma première série en tant que Willow Fox, je suis publiée professionnellement depuis 2013.

Inscrivez-vous à ma newsletter Willow Fox

Si vous avez apprécié CLANDESTINE, veuillez prendre un moment pour laisser un avis. Les avis aident les autres lecteurs à découvrir mes livres.

Vous ne savez pas quoi écrire ? Ce n'est pas un problème. Ce ne doit pas nécessairement être long.

Vous pouvez raconter comment vous avez découvert mon livre : est-ce qu'un ami ou un club de lecture vous l'a recommandé ? Faites savoir aux lecteurs qui est votre personnage préféré ou ce que vous aimeriez voir se passer ensuite.

Merci de votre lecture ! J'espère que vous envisagerez de vous inscrire sur ma newsletter pour recevoir des livres gratuits, des promotions, des cadeaux et des informations sur les nouvelles parutions.

A PROPOS DE L'AUTEUR

Willow Fox aime écrire depuis qu'elle est au lycée (il y a bien longtemps). Ses romances de petite ville reflètent la vie dans une petite ville de l'Amérique rurale.

Qu'elle écrive des romances ou qu'elle s'assoie près d'un feu de camp pour lire un bon livre, Willow aime la magie des mots écrits.

Elle rêve d'être transportée et espère le faire pour ses lecteurs !

Visitez son site Web à l'adresse suivante :

https://authorwillowfox.com

NOTES

Chapitre 3

I. NDLT: "Department of Children and Family Services",
   Service de protection de l'enfance